DARHAN

Les chemins de la guerre

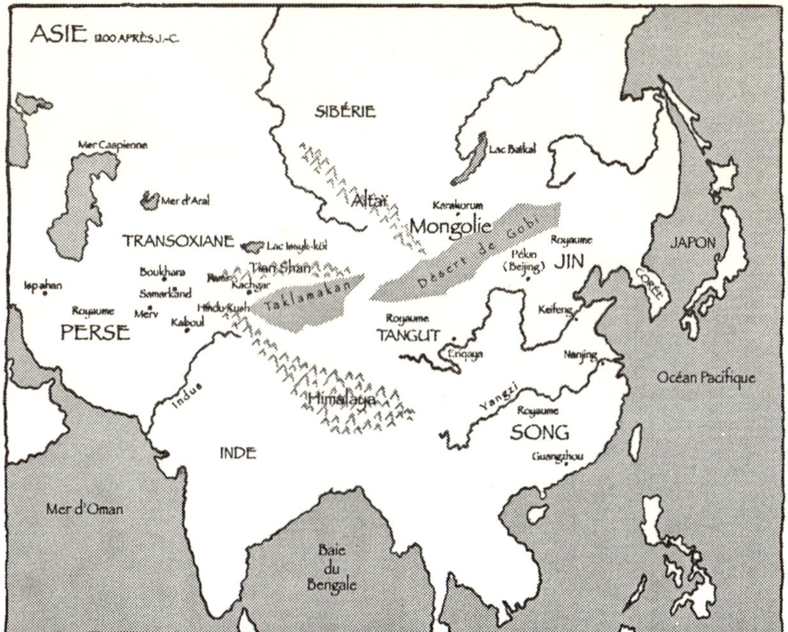
ASIE 1200 APRÈS J.-C.
SIBÉRIE
Lac Baïkal
Mer Caspienne
Mer d'Aral
Altaï
Karakorum
Mongolie
Désert de Gobi
Royaume
JIN
Pékin
(Beijing)
JAPON
CORÉE
TRANSOXIANE
Lac Issyk-köl
Tian Shan
Boukhara
Samarkand
Kachgar
Ispahan
Royaume
PERSE
Merv
Kaboul
Hindu Kush
Taklamakan
Royaume
TANGUT
Keifeng
Nanjing
Océan Pacifique
Indus
Himalaya
Yangzi
Royaume
SONG
Guangzhou
INDE
Mer d'Oman
Baie
du
Bengale

SYLVAIN HOTTE

DARHAN

LES CHEMINS DE LA GUERRE

POCKET JEUNESSE

L'auteur

Originaire de Montréal, **Sylvain Hotte** vit et travaille à Québec depuis une douzaine d'années. *Darhan* est sa première série jeunesse. En 2007, il a remporté le Prix Jeunesse de science-fiction et de fantastique québécois, pour *Darhan, La fée du lac Baïkal.*

Publié pour la première fois en 2006 par les Éditions des Intouchables.

Loi n° 49 956 du 16 juillet 1949 sur les publications destinées à la jeunesse : février 2012

ISBN 978-2-266-17454-1

CHAPITRE 1

LES HOMMES DU MARAIS

Un vent froid soufflait sur le visage de la jeune fille. Enveloppée dans un grand vêtement de laine brute, elle marchait sur un sol rude où s'entremêlaient le sable rouge et la glace. Quelques mèches de ses longs cheveux noirs sortaient de son capuchon en s'agitant dans le vent. Une larme coulait sur sa joue, dont on n'aurait pu dire si elle était le résultat d'une grande tristesse ou du froid trop mordant.

L'hiver était commencé à l'orée du grand désert de Gobi. Celui-ci, infini, s'étendait vers le sud à travers de grands vallons rocheux où poussaient à peine quelques brins d'herbe. Balayés par le vent éternel, les énormes rochers dont il était parsemé ressemblaient à des géants qui se seraient arrêtés là un moment, en attendant patiemment de se réveiller un jour pour reprendre la place qui leur était due en ce monde.

La jeune fille sautillait légèrement pour réchauffer ses pieds gelés.

— Mia ! entendit-elle crier derrière elle. Mia !!!

Une voix, qu'elle reconnut tout de suite, l'appelait au loin. Mia sortit de ses rêveries pour voir Yoni, sa mère, qui s'approchait en compagnie de Yol, sa petite sœur. Toutes les deux marchaient en protégeant leur visage du vent et de la poussière. Yol se collait contre le corps de sa mère et avançait péniblement.

— Mia, ma fille ! dit Yoni. Ça fait deux heures que je te cherche partout. J'étais folle d'inquiétude !

— Je suis désolée, maman, répondit Mia. Je voulais seulement voir le désert.

— C'est un jeune berger qui t'a vue passer dans la vallée. Mais qu'est-ce qui te prend ? Une tempête se lève. C'est très dangereux de rester ici. Bientôt, on n'y verra plus rien ; le désert t'appellera et tu disparaîtras dans ses entrailles.

— Parfois, je me demande si ce ne serait pas mieux ainsi, soupira Mia en se retournant et en regardant à nouveau le grand Gobi.

Yoni se mit à genoux. Elle prit le visage de sa fille entre ses mains et en approcha le sien. Elle la baisa doucement sur les lèvres.

— Mais qu'est-ce que tu racontes, mon enfant ? Comment peux-tu dire une chose pareille ?

Mia regarda l'œil tuméfié de sa mère. Celui-ci était violacé, au-dessus d'une joue rouge et enflée.

— L'oncle Ürgo t'a encore frappée, lança-t-elle avec dépit.

— Oh ! Mia ! fit Yoni en cachant son œil avec son foulard. Ma pauvre enfant.

Elle serra très fort la jeune fille entre ses bras.

— Maman, continua Mia après un moment de silence, il faut s'en aller. Nous ne pouvons pas rester ici. L'oncle Ürgo est un homme cruel. Il nous traite comme des bêtes.

— Si tu savais tout ce que j'endure, ma fille…

— Mais pourquoi ? Nous pouvons fuir !

— Et pour aller où ?

— N'importe où !!! Pourvu que nous quittions cette vie misérable !

Les yeux de la jeune fille s'illuminèrent tandis qu'elle se mettait à parler rapidement :

— Tout à l'heure, j'ai vu une caravane de marchands s'enfoncer dans le désert. Ces hommes étaient des marchands tangut qui s'en allaient à Pékin. Il en passe plusieurs pendant l'année. Si nous fuyons au bon moment, nous pouvons trouver une place dans l'une de ces caravanes. Ces hommes nous prendraient à leur service et Ürgo ne pourrait rien contre nous. Nous pourrions avoir une autre vie ; peu importe. Tu nous as dit que papa était encore vivant en Chine, que les chamans te l'avaient confirmé ! Nous pourrions aller le retrouver, n'est-ce pas ? N'est-ce pas, maman ?

Yoni caressait le visage de sa fille. Ses yeux étaient pleins de larmes alors que le vent du désert redoublait d'ardeur en faisant voler la neige et le sable rouge.

— Comme tu es courageuse, ma fille ! dit Yoni. Tu es bien comme ton père et ton frère. Mais, maintenant, il faut y aller. Le vent ne cesse de forcir et nous pourrions perdre notre chemin.

— Je ne veux pas retourner chez Ürgo ! cria Mia. Je ne veux plus travailler pour ce misérable ! Tu es lâche !

— Ça suffit ! répliqua Yoni en élevant la voix. Moi non plus, je ne veux pas retourner chez Ürgo. Si tu penses que ça me fait plaisir de recevoir des coups de poing dans la figure parce que le thé n'est pas assez fort ou parce qu'il fait trop froid dans la yourte, tu te trompes, ma fille ! Je déteste aussi la vie que nous menons, mais je la supporte, ma fille, parce que je sais qu'Ürgo aimerait bien nous voir partir avec une de ces caravanes de marchands afin de garder nos moutons pour lui seul… Et ça, jamais ! Tu m'entends ? Jamais ! Car ces moutons, c'est tout ce que nous avons. Ils sont à nous ! Et, non, je n'irai pas mendier ma pitance pour le restant de mes jours comme une pauvre femme. Je suis fière ! Tu m'entends ? Et j'attendrai en endurant toutes les humiliations du monde. J'attendrai que revienne ton père ou ton frère. J'attendrai qu'Ürgo s'étouffe avec sa nourriture ou qu'il se fasse dévorer par un tigre au cours de sa promenade. Mais toujours, je garderai mes moutons. Je suis la louve, je surveille et j'attends. Et je sais que le bon moment viendra !

La mère de famille prit la petite Yol dans ses bras et partit d'un pas décidé vers le campement hivernal. Mia regarda sa mère s'enfoncer dans la tourmente, puis elle se retourna pour lancer un dernier coup d'œil au désert. Elle pensa à la caravane des marchands tangut qui s'en allait à Pékin, capitale de l'Empire chinois des Jin. C'est alors que quelque chose attira son attention. En y regardant bien, elle vit bouger un de ces gros rochers qui faisaient penser à des géants. Il tourna ce que l'on aurait pu croire être sa tête, la fixa du regard, puis se mit à parler :

— Un jour, raconta-t-il, nous avons voulu nous reposer. Nous nous sommes figés, et nous ne nous sommes jamais relevés. Nous attendons ainsi depuis la nuit des temps, sous le soleil torride de l'été ou le froid mordant de l'hiver. Mais nous savons tous qu'un jour nous reprendrons notre place dans le monde. Nous savons tous que la patience est la plus grande des vertus.

Et le géant redevint cet énorme rocher qu'il était quelques minutes auparavant. Il ne bougeait plus du tout. Mia resta un moment abasourdie et frotta ses yeux à deux mains. Non, elle n'avait pas eu la berlue.

« Je retourne chez mon oncle, pensa-t-elle en serrant les dents, mais je reviendrai. »

Elle rejoignit sa mère et sa petite sœur au pas de course, non sans jeter un dernier regard derrière elle.

*

* *

— Gekko ! Gekko !

Darhan et Subaï criaient ainsi dans le marais qui bordait l'immense lac Baïkal. Il y avait seulement l'écho de leur propre voix en guise de réponse. Celui-ci frappait les arbres pétrifiés du marais pour revenir lentement et sourdement, d'une manière sinistre, qui donnait des frissons aux deux garçons.

Ils venaient à peine de débarquer du radeau qui les avait ramenés de l'île de la fée. Le cheval de Darhan, qui devait les attendre, n'était plus là.

— Mais où peut-il bien être ? demanda le petit Subaï avec ses mèches blondes qui lui pendaient sur le visage.

— Je ne sais pas, répondit Darhan, inquiet. Je n'aime pas ça.

— Tu penses au serpent d'hier, dit Subaï. Ne t'en fais pas, Gekko est un cheval intelligent ; il se sera sauvé. Sinon nous verrions des morceaux de cheval un peu partout. Un serpent géant n'aurait pas fait un festin ici sans laisser quelques restes.

— Tais-toi ! s'écria Darhan avec une grimace de dégoût.

— Mais c'est vrai ! Non, j'en suis sûr, Gekko est parti de son propre gré. Il a dû suivre le sentier pour trouver un peu d'herbe à brouter, tu ne crois pas ? Ce n'est pas un endroit pour un cheval des steppes.

— Sans doute que tu dis vrai.

Darhan regarda le sentier qui s'enfonçait dans le marais. Dans son inquiétude, il avait du mal à raisonner. La crainte qu'un serpent géant puisse avoir attaqué son cheval ne quittait pas son esprit. Il appréciait certes l'optimisme de Subaï, mais il croyait que celui-ci avait tort. Il ne voyait aucune trace du cheval et jamais Gekko n'aurait quitté l'endroit ainsi. À moins que Darhan lui-même ne fût mort.

Les questions étaient infinies, et rester sur place n'apporterait aucune solution au mystère de la disparition de Gekko. Ils se mirent donc à marcher sur le sentier. Après quelques minutes à avancer sur le fond mousseux, l'inquiétude grandit lorsqu'ils virent sur le sol plusieurs traces de pas humains.

— Vite, dépêchons-nous ! lança Darhan.

— Qu'est-ce qu'il y a ? demanda Subaï.

— J'ai peur qu'il soit arrivé quelque chose de grave.

Ils coururent un long moment sur ce sentier qui découpait le marais dans une suite infinie de méandres boueux.

Darhan filait aussi vite qu'il le pouvait. Mais Subaï l'exhorta à ralentir.

— Darhan ! Cesse de courir. J'entends quelque chose.

Le jeune guerrier interrompit sa course et se retourna vers son compagnon. Le petit voleur de Karakorum tendait l'oreille tout en remuant son petit nez comme pour chercher des odeurs.

— Qu'est-ce que tu entends ?

— J'entends des bruits humains, des mouvements, des cris. J'entends aussi le son d'une flûte.

— Une flûte ?

— Oui. Je pense que nous approchons d'un village.

— Qui donc vivrait dans un village, au beau milieu d'un marais ?

— Depuis ma rencontre avec le serpent géant, précisa Subaï, plus rien ne peut me surprendre.

Les deux garçons marchèrent prudemment sur le sentier jusqu'à ce que, au loin, ils puissent distinguer plusieurs lumières bleuâtres à travers des arbres morts se découpant dans un brouillard léger. Une ambiance inquiétante régnait dans cet endroit. Ils avancèrent à plat ventre, jusqu'à ce qu'ils puissent voir nettement ceux qui avaient élu domicile dans le marais.

Ce qu'ils virent alors les laissa pantois. Après les hommes-cerfs qui vivaient dans la montagne, voilà qu'ils rencontraient une race d'hommes vivant dans des conditions impensables pour n'importe quel humain du monde connu.

— Tu as déjà vu un truc pareil ? chuchota Subaï.

— Non, dit Darhan. Jamais.

Au milieu du marais était niché un village incroyable. Plusieurs huttes en forme de dôme s'élevaient ici et là, jusqu'à se perdre entre les arbres morts. Elles étaient faites avec de la boue et de longues algues verdâtres, donnant un aspect humide et visqueux à ces étranges habitations. Partout, on voyait des hommes et des femmes qui vaquaient à leurs occupations en se déplaçant sur le sol spongieux du marais. Ces gens étaient habillés de vêtements confectionnés avec un matériau inconnu qui semblait suintant ; peut-être des algues tissées ou quelque chose du même genre. Ils portaient, dans les cheveux, de longues mousses vertes tressées ; étrange coquetterie qui arracha une grimace aux deux garçons.

Autre bizarrerie : ces étranges bambous enfoncés dans la vase avec, au bout, une flamme bleue qui dansait dans le brouillard.

Darhan et Subaï, toujours cachés derrière un tronc, furent arrachés à leur observation par le hennissement puissant d'un cheval.

— Gekko ! s'exclama Darhan.

Le propriétaire d'un cheval sait toujours reconnaître son hennissement, tout comme une mère reconnaît la voix de son petit. Il n'y avait aucun doute dans l'esprit de Darhan : c'était bien Gekko.

Ils virent, au loin, un groupe d'hommes entourant le cheval. Ceux-ci discutaient à voix basse en le regardant s'enfoncer dans des sables mouvants. L'animal semblait épuisé et ne bougeait plus la tête qu'en signe de dépit.

— Mais qu'est-ce qu'ils font là ? demanda Subaï. Ils veulent noyer Gekko dans la boue ?

Darhan se leva immédiatement et se mit à courir en direction de la scène macabre.

— On va se faire repérer, l'avertit Subaï.

— Tu crois peut-être que je vais regarder mon cheval disparaître en restant les bras croisés ! lui cria Darhan sans se soucier de la réaction des gens du village.

Subaï lui emboîta le pas.

En effet, lorsqu'ils pénétrèrent dans le village, ils furent accueillis par des cris de stupéfaction. Les habitants, femmes et enfants, s'éloignaient en pointant les garçons du doigt. Certains couraient se réfugier dans leur hutte. Manifestement, on entrait rarement en contact avec le monde extérieur dans ce marais.

Darhan n'y prêtait que peu d'attention. Il courait furieusement, décidé à sauver son ami.

— Mais tu as vu leurs têtes ? lança Subaï qui haletait derrière. Hé ! oh ! Darhan ! T'as vu ça ? Qu'est-ce que c'est que ces gueules-là ?

— Quoi ? Quelles gueules ? fit Darhan.

Il fut frappé de stupeur lorsque, arrivé à la hauteur du groupe qui entourait Gekko, il vit les hommes se retourner. Chacun d'eux avait une tête disproportionnée, ressemblant plus à celle d'un crapaud qu'à celle d'un être humain.

— Ce sont des monstres ! déclara Subaï, effrayé.

— Qui est-ce que tu traites de monstres ? dit l'un d'eux.

— T'as vu ta tête, cheveux jaunes ? ajouta un autre.

Ils parlaient d'une voix sourde, très basse. Les mots sortaient de leur bouche d'une manière si lente qu'ils étaient difficiles à suivre pour une oreille qui n'y était pas habituée. Darhan, la surprise passée, se dirigea vers Gekko, mais il fut arrêté par un des hommes au visage de crapaud qui le retint par l'épaule. Il repoussa l'homme vigoureusement.

— Tu ne me touches pas, bonhomme ! tonna-t-il. C'est mon cheval et je vais le reprendre.

— Si tu avances encore, l'avertit l'homme avec sa grande bouche de batracien, tu finiras, toi aussi, enseveli par les sables mouvants.

Le garçon regarda le sol mou à ses pieds. Aucun doute qu'il s'y enfoncerait à son tour et qu'il périrait étouffé. C'était un véritable cauchemar. Gekko, qui reconnut son maître, hennit fortement et souffla par les naseaux. Il avait les yeux d'un cheval fou. Chaque fois qu'il bougeait, son corps s'enfonçait un peu plus.

Darhan sortit son épée et alla la mettre sur la gorge de celui qui lui avait adressé la parole.

— Tu vas sortir mon cheval de là ou je jure que ta tête et celles de tes copains iront le rejoindre par le fond !

— Tu peux me couper la tête, petit guerrier, répondit l'homme à la face de crapaud. Tu sembles redoutable. Je t'ai vu hier dans le marais. Mais il n'y a rien que je puisse faire. Il est trop tard.

— C'est impossible ! cria Subaï. Qu'est-ce que tu racontes ? Pourquoi vous faites ça !?

— Eh bien… c'est pour attendrir la viande !

— Quoi !? fit Subaï. Qu'est-ce que tu racontes ?

— Oui. On laisse l'animal dans la boue pendant quelques semaines et puis, quand on l'en sort, la viande est faisandée juste à point.

— C'est délicieux, assura un autre homme à la gueule de crapaud.

Darhan sentit ses jambes ramollir. Ces gens désiraient manger son cheval. Il aurait voulu plonger sa lame dans la gorge de l'homme qu'il tenait. Il entendit, dans son for intérieur, la voix de la fée du lac Baïkal.

« Le jour où tu devras tuer un homme, avait-elle dit, seras-tu bon ou méchant ? »

« Ce jour-là, avait-il répondu, je serai misérable de toute façon. »

Darhan baissa son épée, la main tremblante. Il ne

voulait pas être misérable. L'homme recula de quelques pas en se tenant la gorge.

Le cheval avait maintenant le corps presque totalement enfoui. On ne voyait plus que sa tête sur son cou musclé, qui bougeait mollement de gauche à droite. La pression du sable sur sa poitrine était insoutenable et l'animal respirait difficilement.

— C'est impossible, répétait Darhan en secouant la tête de gauche à droite. C'est impossible !

Il serrait les mâchoires de colère et d'impuissance. Il avança vers Gekko.

— Non ! hurla Subaï. N'avance plus ou tu vas te retrouver comme lui. Tu disparaîtras aussi.

— Qu'est-ce que je dois faire !? s'écria le petit guerrier, le regard embué par les larmes. Est-ce que je dois regarder mon ami mourir sans rien faire ? Ou bien, poursuivit-il dans un accès de rage hystérique, je pourrais rester ici quelques semaines et le manger avec ces crapauds sauvages quand il sera juste à point !

Il se mit à pleurer et rejoignit Gekko dans la boue. Il perdit pied et s'accrocha au cou de l'animal.

— Je suis là, mon ami, murmura-t-il. Je suis là, avec toi.

Darhan s'enfonçait à son tour avec le cheval calmé par la présence de son maître. Subaï, désespéré, frappait l'un des hommes à coups de poing et de pied.

— Faites quelque chose ! Mais faites quelque chose !

Aucun des hommes ne bougeait, se contentant de regarder cette scène d'une manière placide et sans émotion, sûrement comme l'aurait fait un batracien.

Une voix étrange se fit alors entendre. C'était celle d'une vieille femme qui parlait à la manière de ces hommes : d'un ton bas, avec un débit très lent, et une profondeur ahurissante, comme si sa voix provenait de partout à la fois.

— Que se passe-t-il ici ? Quelle est cette horrible comédie dont les ondes voyagent à travers le marais et viennent tourmenter mon esprit ?

Une forme humaine commença à émerger de la boue à quelques mètres de là. Elle sortit lentement, laissant la boue couler longuement sur son corps. C'est alors que tous purent distinguer une vieille dame. Elle regarda l'homme qui semblait être le chef du groupe.

— Allons, Qi'yorg... tu vas aider cet enfant à retrouver son ami, n'est-ce pas ? Ton estomac a été fort contenté cette saison. La chasse a été bonne.

— Oui, maîtresse, répondit celui qui s'appelait Qi'yorg. Mais ce garçon a tué mon serpent, Oshi. C'est pourquoi je dois manger son cheval.

— Vas-tu nier que cet enfant ne faisait que se défendre parce que tu avais lancé Oshi à ses trousses ?

— Non...

— Alors, tu n'as personne d'autre que toi à blâmer pour la mort de ton serpent. Pourquoi faire de ta colère une scène horrible dont les esprits de ce marais ne se remettront jamais ? La chasse pourrait être moins bonne l'an prochain et c'est toute la tribu qui pourrait en souffrir.

Qi'yorg acquiesça de la tête comme s'il se rendait à la raison de la vieille dame. Lui et ses compagnons se levèrent et s'approchèrent des sables mouvants. Ils y plongèrent la tête la première et disparurent complètement. Après quelques instants d'un silence inquiétant, on vit Darhan et Gekko remonter peu à peu. Ils furent poussés hors du sable, puis déposés sur le sol boueux par les hommes batraciens qui étaient sortis à leur tour.

— Tu as été bon, ô Qi'yorg ! lança la vieille dame.

— Oui, maîtresse.

— Les esprits du marais s'en souviendront.

— Je suis heureux de te l'entendre dire.

Les hommes partirent d'un pas lent et indifférent, sans dire un mot. Seul Qi'yorg resta à regarder Darhan.

— Ce jeune guerrier est terrible, dit-il à la vieille dame. Aucun homme n'est jamais venu à bout d'Oshi. Pourquoi le protéger ?

— Tu as vu ses yeux ? Ce garçon a été béni par les esprits. Il faut en prendre soin.

— Mais c'est un soldat de Gengis Khān et c'est très mauvais pour nous.

Qi'yorg s'en alla à son tour sans rien ajouter.

Darhan, qui soufflait encore, s'était approché de Gekko. Le cheval allait bien. Il était couvert de boue, mais se tenait bien droit. Subaï regardait la vieille dame d'un air abasourdi.

— Nous allons sortir du village, déclara-t-elle. J'ai pu mettre quelques idées dans la tête de Qi'yorg en jouant sur son estomac. Je lui ai fait peur en lui parlant d'une mauvaise chasse l'an prochain s'il faisait une mauvaise action. Combien de temps cela va-t-il durer ? Je l'ignore. Les hommes de ce village sont d'humeur changeante et ont un appétit féroce. Ils dévoreraient une armée si l'occasion leur en était donnée. Allez, jeunes garçons, suivez-moi. Ma hutte est à quelques minutes d'ici.

CHAPITRE 2

TCHUGOÏA

Subaï, Darhan et Gekko suivirent la vieille dame qui leur fit emprunter un petit sentier couvert de mousse. À chaque pas, l'eau en émergeait pour leur couvrir les pieds. Subaï traînait derrière avec ses pantoufles complè-tement imbibées. La plupart des petites pierres précieuses qui en ornaient le pourtour avaient disparu. Le fil d'or était noirci et le magnifique tissu bleu de jade était maintenant gris pâle.

— Hisham va me tuer, ne cessait de répéter Subaï.

— Mais pourquoi ? dit Darhan. Hisham est un homme raisonnable. Quand nous lui raconterons nos aventures, il comprendra.

— Je ne te crois pas. Ce gars-là est un fanatique. Tu as vu ses yeux quand il s'emballe ? On dirait un fou ! Non, je te jure, quand il verra les pantoufles de sa vieille tante, il va m'arracher la tête.

Ils arrivèrent dans une clairière où brillait une faible lumière. Il y avait, au fond, une petite hutte faite avec des algues. Le sol de la clairière était couvert d'une épaisse mousse verte d'où sourdait un peu d'eau brunâtre chaque fois qu'on y posait le pied. On pouvait voir, tout autour, de grands arbres gris argenté, sur lesquels se déplaçaient de grosses limaces visqueuses. Une multitude de grenouilles coassaient.

— Beurk ! fit Subaï. Qu'est-ce que c'est que ces horreurs ?

— Ces horreurs vivent dans mon jardin, répliqua la vieille dame. Je les élève et les nourris. Elles m'apportent force et sagesse. Bienvenue chez moi, je m'appelle Tchugoïa, je suis la sorcière de la tribu des Köargs.

*

* *

Le sorcier Tarèk venait à peine de se coucher. Il avait passé toute la nuit à faire de viles incantations et à établir des dialogues douteux avec de mauvais esprits. Il fallait une grande part d'ombre pour incarner la nature même du mal, et les esprits tourmentés ne se révélaient que dans ces nuits sans lune et sans étoiles. Ainsi, il était huit heures du matin lorsque le grand chaman de Gengis Khān finit par fermer l'œil. Par contre, la vie dans le palais de l'empereur avait repris son cours comme chaque jour et Tarèk fut très contrarié lorsqu'il entendit cogner à la porte de sa chambre.

— Qu'est-ce que c'est ? grommela-t-il de sa grosse voix enrouée par les sécrétions. J'ai demandé qu'on ne me dérange pas !

Le petit singe noir sauta sur le lit et s'approcha du visage déformé du sorcier.

— Et alors, Goubà ? lança Tarèk en regardant le petit animal avec une certaine affection. Qui vient déranger papa ?

Le singe émit un son aigu en se grattant l'oreille avec une de ses pattes arrière.

— Quoi !? C'est la vieille Koti ! Que me veut cette sorcière de si bonne heure ?

Le grand chaman se leva et enfila sa cape noire. Il rabattit le grand capuchon sur son horrible tête, puis alla pieds nus ouvrir la porte.

— Que fais-tu là ? demanda Tarèk. Tu sais bien que je travaille la nuit et que je ne reçois pas le matin.

— Justement, dit la femme de Luong Shar, tu travailles trop la nuit. Tu devrais peut-être reprendre goût au matin. Ça te donnerait un peu de couleur et tu ne serais pas obligé de te cacher derrière cet affreux capuchon.

Tarèk grogna quelque chose d'incompréhensible. La vieille Koti entra dans la chambre du vieux sorcier.

— Qu'est-ce que tu veux ?! hurla Tarèk avec impatience. Personne n'est le bienvenu chez moi !

La vieille regardait Tarèk d'un air placide. Elle donnait l'impression de ne jamais s'énerver, plaçant tranquillement les mots les uns à la suite des autres pour former ses phrases, ce qui tapait sur les nerfs du sorcier. Mais il se rappela sa conversation avec Dötchi et la promesse qu'il avait arrachée au jeune prince...

— Viens avec moi, fit le chaman en changeant de ton. Allons discuter dans mon laboratoire.

Ils entrèrent dans une vaste pièce adjacente à la chambre de Tarèk. Cette pièce était dominée par un mur de parchemin, ainsi que par des étagères sur lesquelles étaient posés des centaines de pots en terre cuite contenant des produits aussi insolites que douteux. Au centre de la pièce, des cendres fumaient sous un plat de métal noirci. Koti promena un regard dégoûté sur le laboratoire du chaman.

— Ça pue la mort et les mauvaises intentions, ici. Tu me déçois, Tarèk. Tu étais un bon chaman autrefois, capable de discuter avec les esprits de la steppe si chers aux Mongols. Aujourd'hui, tu ne parles plus qu'avec les ombres de la nuit. Quand je pense que tu exerces une grande influence sur notre empereur... Où mèneras-tu notre peuple ?

— Jusqu'à présent, riposta Tarèk, le peuple mongol a bien su profiter de ma présence auprès de Gengis Khān.

Et il en profitera encore… Mais, dis-moi, Koti, ce n'est pas pour parler de morale et de politique que tu es venue me voir ce matin ?

— Non, répondit Koti. Je suis venue chercher des feuilles de krolhië.

Tarèk eut un sourire qui dévoila ses dents noires.

— Ah ! les feuilles de krolhië… une garantie d'amour éternel ! Quelle magnifique nature nous avons, qui sait faire pousser des herbes si chères au cœur des hommes et des femmes de notre race ! Même les plus grandes sorcières ne sauraient s'en passer pour accéder au bonheur.

— Bon, ça va ! dit Koti. On a compris.

Le chaman étira un de ses longs bras pour saisir, sur une tablette, un pot de terre rouge. Il en renversa le contenu sur une table de bois. On vit alors les petites feuilles, avec leurs teintes vert pâle et vert foncé, au pourtour légèrement rouge.

— Tu vois comme le matin te va bien ? lança la vieille dame. Tu deviens poète.

— Mais je suis un poète ! affirma Tarèk de son horrible voix. Ma vie n'est qu'une longue métaphore, un rêve…

— Pour certains, elle ressemblerait plutôt à un cauchemar.

— Qu'est-ce que tu cherches à insinuer ?

Koti ramassa les feuilles qu'elle mit dans un petit panier d'osier à sa taille. Puis elle posa un regard soutenu sur Tarèk. Un regard rempli d'interrogations...

— Qu'est-ce que tu as à me regarder comme ça ? s'impatienta le chaman. Tu me donnes mal à la tête.

— Luong Shar a été malade.

— Je sais. Je l'ai rencontré l'autre soir et nous avons discuté. Il a failli y passer, paraît-il.

— Si je ne l'avais pas soigné, il serait mort.

— Ah bon...

— Il a été empoisonné !

— Tu crois ? demanda Tarèk. Ton gardien de prison passe ses journées le torse à l'air, nu-pieds dans la rosée du matin. Il a peut-être attrapé une mauvaise grippe ?

— Tu me prends pour qui ? Je sais faire la différence entre un poison et une vulgaire grippe.

Tarèk s'assit sur une chaise de bois. Il croisa les jambes, puis les bras.

— Qui aurait voulu empoisonner Luong Shar ?

— Tu le sais trop bien. C'est Dötchi.

— Et tu crois que je suis derrière cette histoire ?

— Tu aurais pu lui vendre ce poison... Le saurai-je jamais ? Tu as l'esprit plus fermé qu'une huître ! Qui au monde serait capable de sonder l'âme du grand Tarèk ?

— Tu m'as quand même donné mal à la tête, dit le chaman en portant sa main à son front.

— Prétentieux !

— Tu crois ?

— Écoute-moi bien, chaman, fit Koti, je suis vieille et Luong Shar est tout ce qui me reste dans la vie. Alors, je t'en prie, ne te mêle pas des affaires sordides de Dötchi. Je ne te le pardonnerais jamais.

En prononçant ces paroles, la vieille sorcière eut un léger trémolo dans la gorge qui émut Tarèk, mais en vain.

— Ne t'en fais pas, répondit-il, je ne toucherai pas à un seul cheveu de ton gardien de prison.

En disant cela, le chaman pensa à son entente avec Dötchi. Il regrettait de devoir empoisonner Koti avec les feuilles de krolhië, mais l'aide du fils de Gengis Khān lui était indispensable dans sa grande entreprise à Samarkand.

Alors que la vieille sortait du laboratoire, il s'entendit dire malgré lui :

— C'est l'amour qui vous tuera !

*
* *

Tchugoïa, la sorcière du marais, servit du thé à Darhan et à Subaï. Les deux garçons burent le liquide chaud avec empressement, eux qui sentaient le froid leur geler les os depuis qu'ils étaient entrés dans la hutte humide. Il y faisait sombre. La seule lumière provenait d'un bout de bambou planté dans le sol et d'où sortait une flamme bleue. Pour le reste, tout était difficile à distinguer : table pour manger, sièges pour s'asseoir, lit pour dormir, tout dans la hutte était fait de mousse végétale et chaque objet se fondait aux autres dans cet étrange décor. Par contre, une chose ne faisait aucun doute : l'humidité dans la hutte de Tchugoïa transperçait les os et cette tasse de thé chaud était plus que bienvenue.

— Quelle est cette étrange flamme bleue ? demanda Subaï.

— Où que vous alliez dans ce marais, expliqua la sorcière en écartant ses cheveux de végétaux, vous pouvez planter de longs bambous dans le sol et il en ressortira un gaz qu'on peut allumer avec une flamme. Il apporte chaleur et réconfort à la tribu des Köargs, et ce, depuis des générations.

— Un gaz qui sort du sol et qui fait du feu, c'est fou, ça !

— Le marais nourrit et protège les Köargs, poursuivit Tchugoïa. C'est pourquoi nous y vivons et nous sommes intimement liés à lui. Personne ne vient ici. Les hommes du monde commun évitent ce coin comme la peste, disant de lui qu'il est maudit et qu'y rôdent de mauvais esprits. Et c'est très bien ainsi, car ce sont ces mêmes légendes qui ont préservé les Köargs et leur culture particulière. Personne n'ignore que si notre tribu entrait en relation avec votre monde, elle disparaîtrait et c'en serait fini de notre manière de vivre. Les Huns, les Tatars, les

Mongols et les autres peuples qui naissent et disparaissent au rythme de leurs guerres sont des brutes assoiffées de conquêtes. C'est pour ça qu'un homme comme Qi'yorg n'aime pas les gens de votre race. Et c'est pourquoi je vous le demande sincèrement, jeunes garçons : qu'est-ce qui vous a menés jusqu'ici ?

Subaï, n'ayant pas encore vraiment compris ce qu'il faisait dans ce marais, se tourna vers Darhan. Ce dernier, qui n'avait pas dit un mot jusque-là, avait observé longuement la vieille dame du marais. Il pensa qu'il était juste de lui dire la vérité, même si cette vérité pouvait paraître pure folie au commun des mortels. Mais voilà, n'était-il pas dans la tribu des Köargs ? Il parla, mais en teintant son discours de plusieurs nuances, gardant pour lui certains détails :

— Depuis longtemps, une étoile dans le ciel m'appelait jusqu'ici, dit-il en fixant la flamme bleue sur le bambou. Je suis venu pour y rencontrer une dame qui vit sur l'île, en face du marais. Voilà pourquoi nous sommes ici.

— Une dame ?

Tchugoïa regardait Darhan avec intérêt, comme si elle cherchait quelque chose. Puis ses yeux s'illuminèrent.

— Tu as rencontré la fée du lac !

— Oui, répondit Darhan. Vous la connaissez ?

— Je connais bien l'histoire de Maï-li, la princesse du royaume Jin qui fut noyée dans le lac Baïkal, il y a de cela fort longtemps. La légende raconte qu'elle est endormie au fond de l'eau. J'ai essayé à plusieurs reprises d'entrer en contact avec elle dans le monde des esprits. Mais toujours elle m'est restée cachée. Je ne suis qu'une pauvre sorcière des marais et je n'ai pas la force de caractère voulue pour rencontrer de tels esprits. Certains d'entre eux sont si lumineux qu'ils peuvent vous rendre fou. Tu es donc béni et ton regard ne ment pas. Tu dialogues avec les étoiles.

— On dit de mon père qu'il savait lire dans les étoiles.

— C'est vrai ? demanda Tchugoïa. Et comment s'appelait-il ?

— Sargö.

— Darhan, fils de Sargö, tu seras toujours le bienvenu parmi nous.

Ils prirent une deuxième tasse de thé qu'ils burent en silence. Puis Darhan parla à nouveau :

— La fée du lac m'a parlé de sa fille Bun-yi qui pleura longtemps en errant dans ce marais. On disait à l'époque que ceux qui pouvaient voir son visage devenaient fous.

— En effet, fit Tchugoïa, et le vizir perse Zohar vint la voiler et la ramener chez lui afin de contrôler l'esprit des shahs et ainsi construire ce formidable empire qui s'étend de l'autre côté de l'Altaï. C'est ce que dit la légende.

— Maï-li m'a affirmé que sa fille est toujours vivante dans une tour à Samarkand. Elle m'a supplié de la lui ramener.

Tchugoïa fut grandement troublée par les paroles de Darhan. Elle posa sa tasse sur la table et voulut se mettre à genoux devant le jeune guerrier, mais celui-ci l'en empêcha.

— Ne faites pas ça, s'écria Darhan, je vous en prie ! Je ne suis qu'un pauvre paysan ; c'est ma vie et celle de mon cheval que vous avez sauvées.

La vieille dame prit tout de même la main du garçon, qu'elle baisa longuement.

— On dit des Köargs qu'ils sont des grenouilles nées des larmes de la jeune Bun-yi, expliqua Tchugoïa. C'est notre déesse, tu comprends ?

— Nous devons partir, répondit Darhan, embarrassé. Les armées de Gengis Khān vont se mettre en route et nous devons les accompagner si nous voulons accomplir la mission que nous a confiée Maï-li.

Il sortit, suivi de Subaï. Il faisait sombre dans la clairière. Le jour tirait à sa fin et il ne restait plus qu'un mince filet de lumière éclairant les grands arbres gris argent qui semblaient s'illuminer comme des lanternes. La vieille sorcière sortit à leur suite. Elle courait pieds nus dans la mousse verte.

— Jeune seigneur, attends-moi !

Darhan se retourna vers Tchugoïa qui prit sa main pour y déposer une petite grenouille verte avec de minces rayures argentées.

— Garde-la avec toi. L'esprit de notre peuple t'accompagnera dans ta quête si tu dois la réussir. Quelque chose me dit que cette rainette te sera fort utile pour aider quelqu'un qui sera près de toi et qui te sera indispensable.

Darhan mit la grenouille dans sa poche en inclinant la tête. Son regard ne pouvait supporter celui de Tchugoïa qui le regardait comme s'il était un envoyé des dieux. Sur le dos de Gekko, Subaï et lui commencèrent le long chemin de retour à travers les sinistres marais.

*

* *

La nuit était tombée depuis un long moment. Le froid hivernal commençait à transpercer les vêtements des deux jeunes garçons qui frissonnaient de partout. Ils respiraient tous les deux en exhalant de la fumée blanche qui tombait vers le sol.

— Quel froid ! lança Subaï qui s'accrochait à Darhan. On ne s'arrête pas pour la nuit ?

— Non, dit Darhan. Hisham et Kian'jan doivent nous attendre au bout du lac. Il faut les rejoindre et rentrer à Karakorum au plus tôt.

— Nous partons faire la guerre ?

— Oui.

— Je n'ai pas le profil d'un guerrier. Ils ne voudront jamais de moi.

— J'aurai besoin d'un palefrenier. Tu feras l'affaire.

— Palefrenier ! Je ne connais rien aux chevaux.

— Gekko te connaît bien, lui. Alors, ça ira.

— Qu'est-ce que nous ferons de cette grenouille ?

— Je ne sais pas, fit Darhan.

— Comment va-t-elle nous protéger d'un grand danger ?

— Je ne sais pas !

— Tu es vraiment l'envoyé des esprits ?

— Mais non...

Darhan réfléchit un instant en secouant la tête de gauche à droite.

— Je ne pourrai jamais répondre à une telle question, finit-il par déclarer.

CHAPITRE 3

LA TEMPÊTE

Toute la nuit, Darhan et Subaï avaient cheminé dans le grand marais. Gekko avait avancé d'un pas sûr comme si, ayant déjà fait l'apprentissage du terrain, il savait dorénavant reconnaître le sol sous la tourbe et la mousse. Les deux garçons avaient sommeillé du mieux qu'ils pouvaient, malgré le froid, en se laissant bercer par le roulis du dos de l'animal. Ils sortirent du marais le lendemain matin, passablement fatigués, mais heureux. Car, au loin, ils voyaient, sur les rives du lac, les silhouettes de Hisham et de Kian'jan qui les attendaient, assis devant un grand feu dont la fumée montait haut dans le ciel.

Gekko, sans même attendre un ordre de Darhan, se mit au trot, comprenant sans doute qu'une fois son maître près du feu il pourrait se reposer et brouter l'herbe fraîche qui bordait le lac.

— Les voilà ! cria Hisham en se levant et en les saluant avec sa grosse main.

Après quelques minutes, Darhan et Subaï mirent pied à terre. Hisham, avec un enthousiasme sans retenue, prit les deux garçons dans ses bras.

— Ho ! fit l'énorme bonhomme en les serrant contre lui, je suis tellement content de vous voir en un seul morceau. Qu'est-ce qui vous a pris ? Le préfet des mines nous a dit que ces marais sont extrêmement dangereux, remplis de sauvages et de maléfices.

— J'ai vu plus sauvage chez les hommes civilisés, dit Darhan.

— Oui, rétorqua Subaï d'un ton sarcastique, surtout qu'on a failli vous déguster, toi et Gekko, en rôti faisandé dans de la boue !

Kian'jan le Tangut s'avança vers Darhan. Il avait toujours cette allure mystérieuse avec ses cheveux noirs qui tombaient sur son visage pâle, comme s'il gardait toujours en lui-même un quelconque secret. Sous sa mine austère, on devinait quand même un certain soulagement de voir Darhan et Subaï revenir sains et saufs de leur escapade dans les marais.

— Nous avons passé une journée avec le préfet des mines. Il était très mécontent de savoir que les hommes-cerfs nous avaient attaqués. Lorsque nous lui avons dit que tout était la faute de Günshar, il a voulu en savoir plus. Mais nous n'avions aucune réponse satisfaisante à lui donner. Comment expliquer que le fils de l'empereur voulait te faire assassiner secrètement ? Il nous a donc remis un document dans lequel il demande une expédition punitive contre les hommes-cerfs et une mise à prix pour la tête d'Obakou. Il nous a chargés de le remettre à Gengis Khān.

Kian'jan donna le document à Darhan. Celui-ci portait le sceau du préfet des mines.

— Très bien, répondit le jeune guerrier en glissant le document dans une de ses manches, nous devons traverser à nouveau les Montagnes noires pour nous rendre à Karakorum. Voilà qui pourrait nous être utile.

Ils s'assirent tous et mangèrent des oies que Hisham et Kian'jan avaient mises à rôtir sur le feu. Après la froideur des marais, cette viande et cette chaleur étaient un pur bonheur pour Darhan et Subaï. Ils se reposèrent une partie de la matinée. Puis, lorsque le soleil fut à son zénith, ils harnachèrent les chevaux et mirent le cap sur les Montagnes noires. Ils campèrent près des grands pins, à l'endroit même où ils avaient été attaqués par Günshar et les hommes-cerfs.

— Qu'est-ce que tu as ? demanda Subaï à Hisham qui se tenait la poitrine en grimaçant.

— Je ne sais pas, dit le gros Perse. J'ai de très mauvais souvenirs de cet endroit. Les blessures des flèches qui m'ont laissé pour mort sont encore fraîches et, aujourd'hui, elles me font un mal atroce. Je n'ose pas penser comment je vais me sentir quand nous atteindrons cet endroit où j'ai vu le visage de Tjougà qui rendait l'âme en serrant de toutes ses forces le corps inerte de G'jong.

La nuit fut calme, mais Darhan eut de la difficulté à s'endormir. Il tenait les plumes d'aigle, toujours accrochées à sa ceinture, d'une main. Chaque fois qu'il entendait un bruit, il scrutait les branches du grand arbre où, pour la dernière fois, il avait parlé à Djin-ko le petit génie. Il y avait tant de questions qui demeuraient sans réponse…

Le garçon resta ainsi longtemps à regarder le feuillage des conifères agité par la brise. Il sentit la grenouille bouger dans sa poche.

*

* *

Aussitôt le soleil levé, Darhan et ses hommes entreprirent la traversée des Montagnes noires. À peine arrivés aux vallons qu'un sentier sillonnait, ils se retrouvèrent sur un sol couvert de neige. Ici, l'hiver s'était installé pour de bon, et le manteau blanc ne se retirerait plus qu'au printemps.

Les sommets enneigés furent bientôt enveloppés par des nuages sombres et inquiétants, laissant deviner un vent puissant.

— Pourvu que ces nuages ne descendent pas jusqu'ici ! lança Darhan qui regardait les sommets. Nous n'avons pas ce qu'il faut pour affronter une telle tempête.

— En effet, dit Kian'jan qui s'était approché sur sa monture, nous n'avons que quelques couvertures. Depuis que nous sommes partis, je n'ai cessé de regarder le ciel. Je crois que nous n'aurons pas d'autre choix que d'affronter la tempête. Le plafond nuageux ne cesse de descendre. Si nous restons dans la vallée, nous serons ensevelis sous la neige.

— Pourtant, répondit Darhan, j'hésite à quitter le sentier. J'ai peur pour les chevaux, sur les parois rocheuses. Et si jamais nous ne trouvions pas d'abri, nous pourrions véritablement nous perdre en nous éloignant du sentier.

— On pourrait toujours se faire un abri avec des branches de sapin et des couvertures. Mais… tu t'imagines à cinq là-dedans, avec Hisham…

— … et Subaï, poursuivit Darhan en écarquillant les yeux. Kian'jan, mon ami, je pense que tu as raison ! Soyons attentifs et, au bon moment, bifurquons vers la montagne. Nous devrions être en mesure de trouver un surplomb ou même une grotte où nous mettre à l'abri.

Aussitôt dit, aussitôt fait. Après une dizaine de minutes sur le sentier, Darhan et Kian'jan virent une grande falaise très accidentée sur le flanc d'une large montagne. Ils avaient de bonnes chances d'y trouver une caverne pour s'abriter.

Les nuages étaient maintenant gris foncé, presque noirs, et toutes les montagnes aux alentours étaient cachées par la tourmente. Il semblait qu'il ne restait plus à cette tempête qu'à s'engouffrer dans la vallée pour tomber sur eux.

— Ça semble violent, là-haut, fit remarquer Hisham en montrant les nuages noirs.

Le gros Perse était descendu de son cheval dont il tenait la bride en grimpant à la suite de ses compagnons.

— Je n'aime pas ça, disait-il tout bas. Je n'aime pas ça du tout.

— Qu'est-ce que tu n'aimes pas ? demanda Subaï qui marchait tout près.

— Je connais Kian'jan. Quand il fait la tête comme ça, c'est qu'il se prépare quelque chose de grave.

— Il a peur de la tempête, tu crois ? Ce n'est pas la première fois que je vais voir la neige tomber. Et je préfère cent fois la neige à ce foutu marais où nous avons mis les pieds. Pouah ! ça sentait le soufre et tout était visqueux… Pas moyen de fermer l'œil. Et ce gros serpent…

Hisham regarda Subaï avec de grands yeux.

— Il y avait des serpents ?

— Oui, mon vieux. Ça rampait dans la boue.

— Qu'est-ce que tu racontes là ?!

— Je te le jure !

— Moi qui déteste les serpents, fit Hisham. C'est une véritable phobie. Juste à voir un serpent, j'ai le sang qui se glace !

— Eh bien, je peux te dire que ton sang se serait pétrifié dans tes veines parce que nous avons vu un serpent gros comme un arbre !

— Tu te moques de moi ?

— Mais pas du tout ! Demande à Darhan, il va te le confirmer ! Il lui a même coupé la tête.

Subaï leva les yeux pour constater que la neige tombait et que le vent soufflait. Les nuages s'étaient engouffrés subitement dans la vallée et la visibilité était maintenant presque nulle.

— Mais… on n'y voit plus rien ! s'écria Hisham avec horreur.

— Du calme ! répondit Subaï. Darhan et Kian'jan sont là-bas.

— Je ne vois rien.

— Mais si, je te dis. Je vois leurs silhouettes, plus haut.

— Kian'jan ! hurla Hisham.

Le cheval sentit l'énervement de son maître et s'emballa brusquement. Le gros Perse, trop préoccupé par la tempête, lâcha la bride. La bête s'éloigna au galop et disparut rapidement dans la tempête de neige.

— Mon cheval ! tonna Hisham. Toutes mes affaires !

— Vite ! cria Subaï. On va le rattraper !

Ils descendirent la pente. Mais, déjà, celle-ci était couverte d'une neige glissante, ce qui les ralentit considérablement. Ils durent se résigner. Il leur était impossible de savoir dans quelle direction était parti l'animal.

— Satané cheval ! grogna Hisham. Si je l'attrape, je le mange !

— Oui, dit Subaï, mais en attendant...

En se retournant, le petit voleur aux cheveux blonds s'aperçut qu'il ne pouvait distinguer que tourbillons de neige. Même en tendant l'oreille, il n'arrivait à entendre rien d'autre que le vent qui couvrait le moindre son.

— Kian'jan ! clamait Hisham. Kian'jan !

Mais il n'y avait plus que le vent qui soufflait furieusement sur le flanc de la montagne et la neige qui cachait tout. Subaï se protégeait le visage avec ses mains tandis que Hisham, la barbe recouverte de glace, continuait à crier désespérément le nom de son ami.

*

* *

Koti était rentrée chez elle aussitôt après avoir quitté Tarèk. La matinée était douce, même si les nuages au nord annonçaient la neige prochaine. La cour de la prison était vide et les grandes cages étaient toutes restées ouvertes. La guerre contre l'Empire perse de Mohammed Shah se préparait et, en ces temps austères, les prisonniers étaient souvent graciés s'ils s'engageaient dans l'armée. En général, ils se retrouvaient en première ligne pour affronter l'ennemi. Un prix qu'ils semblaient tous prêts à payer pour un peu de liberté.

Koti vit, sur la terrasse du pavillon chinois qu'elle habitait dans la cour de la prison, Luong Shar, son mari, qui mettait de la terre dans des pots. Il plantait des bulbes pour l'année suivante. La femme s'approcha en souriant.

— Je vois, dit-elle, que mon mari se prépare pour le printemps.

— L'hiver doit passer, mais j'ai déjà la floraison sur le bout de mes doigts, répondit Luong Shar sans interrompre son travail.

— Les prisonniers sont tous partis ?

— Oui. Les hommes sont plus heureux libres qu'en cage.

— Mais tout de même à la guerre, ajouta Koti.

La vieille dame regarda un moment son mari. Voilà plus de quarante ans qu'elle vivait avec cet homme. Elle était heureuse, même si parfois elle trouvait que Luong Shar s'occupait plus de ses plantes que d'elle. Aussi, depuis plusieurs années, elle utilisait les feuilles de krolhië pour enchanter son mari et faire naître chez lui le désir amoureux.

Ces feuilles magiques venaient de très loin, du nord, par-delà la Sibérie. Elles ne poussaient que dans le pergélisol de la toundra. C'est pourquoi Koti n'arrivait à s'approvisionner que chez Tarèk, lequel avait un excellent réseau de distribution et des contacts qui s'étendaient dans toute l'Asie pour la magie et autres sorcelleries.

La technique était simple. Il fallait réduire les feuilles

sèches en poudre dans un mortier, puis laisser macérer cette poudre dans de l'eau chaude, mais jamais bouillante, puisque l'eau bouillante pouvait tuer le pouvoir des feuilles de krolhië.

— Bonne journée ! lança-t-elle en s'éloignant.

— Hum…, fit Luong Shar pour toute réponse.

Koti entra dans le pavillon en haussant les épaules.

— Que fais-tu ce matin ? demanda son mari en élevant la voix.

— De la tisane ! cria-t-elle de l'intérieur.

— Ça fait beaucoup de tisane ces temps-ci, marmonna le vieillard pour lui-même.

*

* *

La nuit était tombée et la tempête avait redoublé d'ardeur dans les Montagnes noires. Dans une grotte où brûlait un feu de petites branches se trouvaient Gekko ainsi qu'un autre cheval. Darhan entra, couvert de neige.

« Kian'jan n'est pas encore revenu », se dit-il.

Il secoua la neige qui collait à ses vêtements puis essuya son visage rougi par le froid à l'aide de sa manche.

« J'espère qu'il ne s'est pas perdu, lui aussi. On ne voit plus rien dehors. »

Il s'approcha du feu et s'y réchauffa les mains. Peu de

temps après, un jeune homme entra à son tour. C'était Kian'jan, enrobé lui aussi de neige et de glace.

— Rien ni personne, déclara-t-il en secouant ses cheveux noirs. Pas même une seule trace.

— Je n'ai rien vu, moi non plus, répondit Darhan. Je suis descendu jusque dans la vallée, mais impossible de distinguer quoi que ce soit. C'est à peine si j'ai réussi à retrouver mon chemin.

— Ils sont sur l'autre flanc de la montagne, j'en suis persuadé.

— Il ne reste plus qu'à espérer qu'ils ont trouvé un refuge pour la nuit.

— Hisham est un gros bonhomme, et Subaï, un petit malin, affirma Kian'jan. Ils auront sûrement trouvé quelque chose.

— Que Qormusta t'entende ! souffla Darhan qui lança un peu de bois sec sur la braise.

*

* *

Hisham et Subaï étaient appuyés contre une paroi rocheuse. C'était le seul endroit qu'ils avaient trouvé pour se protéger du vent. Ils avaient les deux pieds enfoncés dans plus de trente centimètres de neige et ils ne voyaient pas comment ils arriveraient à passer la nuit dans ces conditions.

— Nous allons mourir, soupira Hisham. C'est la fin, je le sens. Mes forces m'abandonnent. Allah ! ajouta-t-il en regardant le ciel, j'espère que j'ai été digne de toi en ce monde.

— Nous ne pouvons pas rester ici, dit Subaï. Cette tempête va durer toute la nuit. Il faut trouver un endroit pour se réchauffer.

— J'aurais aimé retourner à Boukhara, la ville où je suis né. J'aurais aimé revoir ma tante Aïcha qui vit maintenant à Samarkand. Elle qui m'a tant aimé, qui m'a tout appris…

— Je crois que nous devons grimper encore, continua Subaï en étirant le cou vers la gauche. Peut-être qu'en longeant la paroi, nous allons trouver un refuge.

— Je me souviens, quand j'étais petit, alors que nous voyagions en caravane, ma tante Aïcha me prenait dans ses bras…

— En tout cas, nous ne pouvons pas rester ici…

— Elle me levait haut dans les airs pour que je puisse voir la steppe. Elle faisait « cui-cui » comme si j'étais un oiseau.

Subaï foudroya Hisham du regard.

— Quoi ? fit le gros Perse. Ce sont mes souvenirs.

— Je n'ai pas l'intention de mourir ici, assura Subaï. Alors, allons-y !

Le petit voleur se mit à marcher vers la gauche. Il avançait à tâtons dans la nuit noire et la neige abondante.

Il ne voyait pas où il mettait les pieds. Après quelques pas maladroits, il sentit tout son corps attiré vers le bas. Il s'enfonça dans une fosse de neige sans comprendre ce qui lui arrivait, ne laissant derrière lui qu'une mince fissure sur la surface.

Hisham, toujours appuyé à la paroi, l'avait vu tomber.

— Subaï ! cria-t-il. Maudite tempête, on va tous y passer !

Le gros Perse se frotta vigoureusement la barbe pour enlever tous les glaçons qui s'y étaient formés.

— Ça ne se passera pas comme ça...

Il avança à son tour jusqu'à l'endroit où avait disparu Subaï. Dans la neige qui tournoyait dans tous les sens, soufflée par le vent violent, il risqua un regard vers le bas. Il vit un gouffre avec un fond blanc glacé. Mais, dans la tourmente, il avait de la difficulté à évaluer la distance. Impossible de savoir à combien de mètres se trouvait le fond de neige...

« Tant pis ! se dit Hisham. Puisque c'est le destin de mon compagnon, ce doit être aussi le mien. »

Le Perse déploya ses immenses bras en contractant ses muscles puissants. La neige qui entrait en contact avec son corps chaud fondait aussitôt.

— *Allahou ak-bar !* cria-t-il avant de s'élancer dans le gouffre qui avait avalé Subaï.

La chute fut brève mais violente. Hisham s'écrasa

contre le fond de glace, qui éclata sous son poids, puis il tomba plus bas sur une autre galerie. Le choc fut brutal.

— Argh ! hurla-t-il. Je suis cassé en morceaux…

Mais il constata rapidement que tout allait bien. Il n'avait mal nulle part et sentit ses membres bouger allègrement.

Hisham vit, près de lui, Subaï qui gisait sur le sol glacé, les yeux fermés.

— Petit ! dit-il. Réveille-toi !

Subaï ouvrit les yeux à moitié et regarda Hisham.

— J'ai mal à la tête, murmura-t-il. Je n'arrive plus à bouger.

— Repose-toi. Nous avons trouvé notre abri pour la nuit.

Hisham enleva son vêtement de laine qu'il mit sur son compagnon.

— Tu vas avoir froid, fit Subaï.

— Allah me réchauffe le cœur, répondit le gros Perse.

La sueur sur son torse nu se condensait en une vapeur qui montait tout autour de sa tête. Le gros homme fit le tour de la galerie qui ne s'étendait que sur quelques mètres. Par le haut, il voyait à l'extérieur. Quelques flocons réussissaient à se frayer un chemin jusque-là et Hisham en avala quelques-uns en ouvrant la bouche toute grande.

— Tu es drôle, lança Subaï, amusé.

— Nous allons attendre que la tempête se calme et

que la nuit passe. Au matin, j'irai faire des recherches. Je suis sûr que je trouverai Darhan et Kian'jan. Kian'jan te soignera, tu verras. Il a de grands pouvoirs de guérison.

— Je m'excuse pour tes belles pantoufles bleues.

— Ce n'est pas grave, les pantoufles bleues de la tante Aïcha. Fini les souvenirs, petit. Nous sortirons d'ici.

Le matin venu, Hisham tenta par trois fois d'escalader la paroi de la galerie. Mais il n'arrivait qu'à se hisser de quelques mètres avant de retomber sur ses pieds. La roche friable cédait chaque fois sous son poids.

— Ah ! s'exclama-t-il avec dépit, ça ne va pas, je suis beaucoup trop lourd !

— Je vais y aller, affirma Subaï. C'est à moi de grimper. Je suis le plus agile de nous deux.

Le jeune garçon tenta se lever, mais sa tête tournait tant qu'il retomba immédiatement sur le dos, avec un léger gémissement.

— Tu es courageux, mon jeune ami, dit Hisham. Mais tu dois te reposer. C'est à moi de nous sortir de ce pétrin.

Le gros homme regarda encore un moment au-dessus de lui en se caressant la barbe, puis fit une ultime tentative. Cette fois-ci sembla la bonne, puisqu'il réussit à se hisser très haut, presque jusqu'à la galerie supérieure. Le rebord de cette dernière aurait été à portée de main si une plaque de glace n'avait pas cédé sous le pied d'Hisham qui tomba durement sur le sol, tout près de Subaï.

— Arrgh ! beugla-t-il. Ma hanche !

Visiblement, il s'était fait très mal. La main posée sur le bas de son dos, il grimaçait en serrant les dents. Il se leva, rouge de colère.

— Cette fois, si…

— Chut ! fit Subaï qui s'était redressé légèrement.

Le petit voleur de Karakorum tendait l'oreille en agitant son nez.

— Ne fais pas de bruit, ajouta-t-il.

— Qu'est-ce qu'il y a ? demanda Hisham.

— J'entends quelque chose.

— Quoi ?

— Des pas dans la neige.

— Quelqu'un approche d'ici ?

— Oui.

— Alors, nous n'avons pas le choix, déclara Hisham.

Il mit ses deux mains autour de sa bouche et cria de toutes ses forces :

— Ohé ! Nous sommes là !

L'écho du cri de Hisham résonna longuement dans la galerie. L'homme et le garçon restèrent silencieux.

— Ils nous ont entendus, assura Subaï. Ils approchent.

— C'est Kian'jan et Darhan ?

— Je ne crois pas. Ce n'est pas le rythme de leurs pas… Et ils sont plus nombreux.

Hisham regarda Subaï.

— Tu entends tout ça, toi ?

— Oui, répondit le garçon. On ne me surprend pas facilement.

— Je veux bien le croire.

Au-dessus d'eux, Subaï et Hisham entendirent les pas d'hommes qui approchaient en faisant crisser la neige. Leur cœur s'emballa lorsqu'ils virent se pencher dans le trou de la galerie les têtes de cinq hommes habillés de grands vêtements de cuir, tous coiffés de casques avec des cornes de cerfs.

*

* *

Sur un flanc de montagne enneigé, Darhan, emmitouflé dans une grande cape de laine, était assis sur Gekko. Il faisait très froid. La tempête de la nuit précédente avait fait place à un matin d'hiver ensoleillé. À leurs pieds s'étendait la grande vallée qui traversait les Montagnes noires. Darhan en scrutait chaque parcelle, cherchant du regard Subaï et Hisham qui avaient disparu dans la tempête.

— Tu vois quelque chose, mon ami ? demanda Darhan à Gekko. Moi, je suis aveuglé.

Le cheval souffla de l'air chaud par ses naseaux et piaffa d'impatience dans la neige folle. Il aurait aimé bouger, car le froid se faisait encore plus mordant lorsqu'on restait inactif.

— J'espère qu'ils vont bien, poursuivit Darhan. Kian'jan ne devrait pas tarder. Il est parti faire un tour de reconnaissance dans la montagne.

Il n'y avait pas la moindre brise, et l'éclat du soleil sur la neige rendait tout repérage extrêmement difficile. Darhan devait mettre ses deux mains au-dessus de ses yeux pour les protéger de la luminosité excessive.

C'est alors que quelque chose attira son attention. Au fond de la vallée, il distingua des mouvements. Il fit descendre Gekko le long de la paroi enneigée, jusqu'à ce qu'il soit assez près pour voir qui s'avançait ainsi. Stupéfait, il reconnut les hommes-cerfs avec ces grands bois qui ornaient leurs casques. Ils marchaient les uns derrière les autres, à une cadence ralentie par la neige abondante. Subaï et Hisham avançaient péniblement à leur suite, les mains attachées derrière le dos.

« Ils ont été faits prisonniers ! Mais au moins ils sont vivants », pensa Darhan.

Il se demandait ce qu'il valait mieux faire : rejoindre Kian'jan dans la montagne et risquer de prendre du retard et voir Hisham et Subaï livrés au grand chef obèse Obakou ; ou alors essayer d'attaquer les hommes-cerfs par surprise. Le garçon se savait habile et rapide, mais il ne croyait pas être en mesure de battre cinq hommes armés. Il se dit qu'il n'avait pas le choix : il allait essayer de parlementer avec les hommes et, au mieux, de les intimider par une démonstration de force.

Il décida d'aller se placer en amont du sentier pour affronter le groupe de face. Alors que Gekko descendait prudemment une pente abrupte, Darhan vit au loin Kian'jan qui avançait dans la neige sur sa monture.

Le Tangut était à quatre ou cinq cents mètres de l'endroit où se trouvait Darhan. Il lui fit signe qu'il avait bien vu, lui aussi, Hisham et Subaï. Le jeune guerrier leva le pouce pour lui indiquer qu'il avait compris. Kian'jan se dirigeait en aval du sentier pour tenter de surprendre les hommes-cerfs par l'arrière.

*

* *

Hisham marchait derrière Subaï sur le sentier. Aussitôt qu'on les avait sortis de leur fâcheuse situation en les hissant avec une corde, on les avait menacés et frappés afin de les immobiliser. On avait ensuite attaché solidement leurs poignets derrière leur dos.

Subaï arrivait difficilement à mettre un pied devant l'autre, ayant perdu tout sens de l'équilibre à la suite de sa chute. Un liquide jaunâtre coulait de ses oreilles. Hisham, qui le suivait et le laissait s'appuyer sur son ventre chaque fois qu'il trébuchait, était très inquiet.

— Je ne me sens pas bien, dit Subaï. J'ai mal au cœur et à la tête.

— Courage, mon jeune ami. Bientôt, ces hommes nous mèneront à leur chef et nous pourrons nous reposer.

— Nous allons nous reposer chez les hommes-cerfs, vraiment ?

— Tu es malade et tu trouves encore le moyen de faire de l'esprit, lança le Perse. Tu m'étonnes.

— Je vais vomir…

Subaï s'écarta du sentier enneigé puis vomit au pied d'un arbre. Un des guerriers s'approcha de lui.

— Allez ! ça suffit, la comédie ! Nous prenons du retard.

— Il est malade ! fit Hisham en élevant la voix.

— Toi, le gros, répondit l'homme, tu te tais ou tu auras affaire à moi !

— Si j'avais les mains libres, c'est toi qui aurais affaire à moi, espèce de cervidé !

Hisham avait été docile jusqu'à présent, et ce, afin de protéger Subaï. Mais si ça allait trop loin, il se savait assez fort pour briser ses liens et affronter ces hommes.

— Calmez-vous ! ordonna un autre homme qui semblait diriger le groupe. Nous allons vous conduire à Obakou, notre chef, qui jugera de votre état. Lui seul peut vous rendre la liberté. C'est notre loi ! Et maintenant, rentrez dans les rangs et poursuivons notre route pour…

— Vous n'irez nulle part ! l'interrompit une voix qui s'éleva entre les arbres et qui surprit tout le groupe.

Tous se figèrent et aperçurent, au-devant d'eux, sur le sentier, un jeune homme sur un cheval noir. Celui-ci se tenait immobile, les deux mains tenant la bride, la tête et le corps recouverts d'une grande cape.

— Laisse passer les hommes-cerfs d'Obakou, cavalier ! déclara celui qui était le chef. Ou alors tu connaîtras la colère du dieu de la montagne !

— Les hommes-cerfs vont passer, riposta le cavalier, mais sans le Perse et le jeune homme.

Hisham se tenait toujours près de Subaï. Il eut un petit sourire.

— Je connais ce cheval, murmura-t-il.

— C'est Gekko, souffla Subaï.

Hisham se tenait prêt, comprenant qu'il y aurait de l'action.

— Ces hommes sont nos prisonniers, dit l'homme-cerf au cavalier qui lui faisait face.

— Maintenant, ce sont les miens !

— C'est ce que nous verrons !

L'homme-cerf fit quelques pas sur le côté en brandissant sa lance. Puis, d'un puissant élan, il la projeta en direction du cavalier.

En moins de deux, Darhan enleva sa cape, se mit debout sur le dos de Gekko, et sauta dans les airs, l'épée à la main. D'un seul coup, il fendit la lance en plein vol. Celle-ci retomba en deux morceaux, de chaque côté du sentier.

Un autre homme voulut envoyer sa lance à son tour. Mais une flèche vint se planter dans son épaule et il tomba à genoux en criant de douleur.

— Kian'jan ! cria Hisham de sa grosse voix en brisant ses liens d'un seul coup.

Le jeune Tangut était arrivé furtivement par l'arrière, l'arc à la main.

Les hommes-cerfs, dépassés par les événements, déposèrent leurs lances et s'agenouillèrent en signe de soumission. Darhan, maintenant sur le sol, l'épée à la main, poussa un grand soupir de soulagement. Il n'y avait pas eu effusion de sang. Les choses avaient bien tourné.

— Ah ! mes amis, lança Hisham en aidant Kian'jan à descendre de son cheval, comme je suis content de vous voir !

Le gros Perse serra son ami de toutes ses forces contre sa poitrine. Le Tangut étouffait sous l'étreinte vigoureuse.

— Je vous croyais perdus à jamais, morts de froid dans la tempête !

— C'est maintenant que je vais mourir, dit le Tangut, le souffle court, si tu ne me lâches pas immédiatement.

— Tu devrais aller voir Subaï, ajouta Hisham en déposant Kian'jan par terre. Je crois qu'il ne va pas très bien.

Darhan s'avança vers le chef du groupe. L'homme-cerf, à genoux, connaissant bien les lois mongoles, baissa la tête résolument, persuadé qu'on allait la lui couper. D'ordinaire, les hommes de Gengis Khān ne pardonnaient rien et la mort de leur ennemi semblait la seule satisfaction valable.

— Qu'est-il arrivé à Günshar ? demanda Darhan.

— Günshar le traître a été attrapé par nos guerriers, répondit l'homme. Il a été amené devant Obakou qui l'a condamné pour trahison. Il a ensuite été précipité en bas de la grande falaise. Seuls les vautours ont un souvenir de lui.

— Va voir Obakou et dis-lui que tu as rencontré Darhan, fils de Sargö. Dis-lui que je suis porteur d'un message demandant à Gengis Khān de venger l'attaque du convoi de prisonniers. Dis-lui que, dans ce message, il y a une mise à prix pour sa tête et que son peuple pourrait payer cher son alliance avec Günshar. Dis-lui aussi que ce message restera entre mes mains et que je ne le remettrai pas au Grand Khān. Dis-lui que tant que je serai vivant, il n'arrivera rien aux hommes-cerfs, à moins qu'Obakou ne se dresse à nouveau sur mon chemin.

L'homme s'inclina devant Darhan, puis alla aider ses compagnons à transporter le guerrier blessé par la flèche de Kian'jan. Ils disparurent ensuite sur le sentier enneigé.

Darhan s'approcha de Kian'jan qui observait Subaï, en compagnie de Hisham.

— Il ne va pas bien du tout, déclara le Tangut. Sa blessure est sérieuse.

— Tu vas le guérir ? demanda Hisham.

— C'est une grave blessure à la tête. Je n'ai pas le pouvoir de la guérir.

— Mais il faut le sauver. On ne va pas le laisser ainsi ! dit Hisham.

Kian'jan demeura songeur un moment.

— La seule personne qui pourrait faire quelque chose pour lui, c'est la femme de Luong Shar, le gardien des prisons.

— La vieille Koti ! s'exclama Darhan.

— Exactement, répondit Kian'jan. Mais encore faudra-t-il que Subaï reste vivant jusque-là.

— Il le restera, affirma Darhan, l'air résolu. Je galoperai toute la nuit s'il le faut. Dans deux jours, nous serons à Karakorum.

Il prit Subaï dans ses bras et l'aida à monter sur Gekko. Le petit voleur avait la peau moite et suait de partout. Il avait une forte fièvre.

— Je n'irai pas loin, murmura-t-il. Je vais mourir. Je le sens. J'ai tellement mal à la tête.

— Il faut tenir le coup, fit Darhan.

— Pourquoi ne pas mourir ? La douleur cesserait enfin et je pourrais me reposer.

— Parce que tu as encore plein de choses à faire en ce monde… par exemple, rencontrer ma sœur.

— Mia ! soupira Subaï en souriant à peine.

Darhan, assis sur Gekko, tenait Subaï contre lui. Il regarda Hisham et Kian'jan.

— Rendez-vous à Karakorum chez la vieille Koti, dit-il. Ayez de bonnes pensées pour Subaï.

— Maudits hommes-cerfs ! vociféra Hisham. Nous aurions dû les massacrer, ces sauvages !

— Massacrer ces hommes ne nous aurait servi à rien ! répliqua Darhan. Aujourd'hui, ils nous sont reconnaissants. Et au lieu d'avoir du sang sur les mains, qu'avons-nous ? Des alliés ! Cela vaut mille massacres inutiles.

Gekko fit un tour complet sur lui-même sous la poigne de Darhan. Il sentait qu'une grande chevauchée allait les mener à travers la campagne. Son excitation était à son comble. Il piaffait frénétiquement. Sous l'effet de son cœur puissant qui commençait à pomper le sang chaud, il se cabra en lâchant un long hennissement qui résonna dans toute la montagne.

— Ya ! Gekko ! cria Darhan. Ya ! Ya !

Ils disparurent comme l'éclair dans un brouillard de neige que soulevait l'animal dans sa course folle entre les arbres du sentier.

CHAPITRE 4

Retour à Karakorum

Une petite neige tombait sur Karakorum. La tourmente de la montagne n'avait pas gagné la capitale de l'Empire, et les flocons se contentaient de tomber doucement, bercés par une légère brise. Dans la cour du palais de l'empereur, une certaine agitation régnait. Gengis Khān s'entraînait au combat.

À soixante-deux ans, l'« Empereur Océan » – traduction littérale de son nom, « khān » signifiant « empereur » et Gengis, « océan » – demeurait d'une vigueur incroyable. Il montait son cheval, torse nu, avec seulement un pantalon de soie blanche. Son corps semblait ne pas avoir souffert des ravages du temps. Malgré son dos voûté, ses muscles rigides auraient pu être ceux d'un jeune homme de vingt ans.

Gengis Khān menait son cheval au galop d'une seule main et, de l'autre, tenait haut une lance qu'il plantait à tous coups en plein cœur d'un mannequin de paille installé au fond de la cour. Chaque fois que l'empereur faisait mouche, de puissants roulements de tambours, battus par une dizaine d'hommes en soutanes, se faisaient entendre dans toute la cité.

Après plusieurs essais tous couronnés de succès, l'empereur satisfait sauta de son cheval sous les vivats des nobles et des haut gradés qui assistaient à la scène. Deux serviteurs se ruèrent sur lui pour lui donner un peu d'eau fraîche à boire ainsi qu'une peau de loup pour recouvrir ses épaules.

— Alors, Tarèk ! cria le Grand Khān au chaman qui se tenait en retrait. Toi qui doutais des capacités de ton vieil empereur, douteras-tu encore que je puisse défendre ma vieille carcasse sur les champs de bataille ? J'affronterai dix Perses d'une seule main et, de l'autre, je boirai un verre de vin à ta santé !

Tous, dans la cour du palais, se mirent à rire. Tarèk le chaman quitta son coin sombre pour s'approcher de Gengis Khān. Il avançait le regard fixé sur le sol, en signe de soumission.

— Rien ne me remplit plus de joie que de voir mon empereur dans une telle forme. Il donnera courage et inspiration à nos guerriers qui ne feront qu'une bouchée de nos ennemis.

— Mohammed Shah paiera cher sa trahison. Il apprendra ce qu'il en coûte de tenir tête à Gengis Khān.

Il apprendra que rien ne peut entraver la marche de mon peuple et qu'il est l'avenir des hommes. Nos dieux sont les plus forts et le monde sera mongol ou il ne sera pas ! Et s'il faut que je brûle l'Empire perse, de Samarkand à Damas, je le ferai !

Sur ces mots, Gengis Khān se saisit d'une lance qu'il projeta de toutes ses forces. Celle-ci traversa la cour et alla se planter puissamment dans le mannequin de paille. L'empereur se dirigea ensuite d'un pas décidé vers le palais, suivi par quelques serviteurs. Il marcha en énumérant les grandes villes de l'Empire perse :

— Kachgar, Boukhara, Kaboul, Herāt, Urgench, Ispahan... Tout ! Je brûlerai tout, s'il le faut !

Tarèk sourit intérieurement.

« Bien. Très bien. Après tout, la présence de l'empereur ne sera peut-être pas un obstacle à mes projets. Si sa colère motive les troupes sur le terrain, nous triompherons sans mal des Perses. Et le vizir ne pourra rien faire quand je débarquerai dans sa tour pour lui ravir la jeune fille. »

*

* *

Le capitaine des prisons, Souggïs, se trouvait dans l'antre de Dötchi, situé au cœur des catacombes du palais royal. La grande pièce aux murs de pierres suintantes était éclairée par quelques flambeaux de graisse animale. Le prince regardait son étrange machine d'un air satisfait.

— Alors, capitaine, dit-il, comment trouvez-vous ma machine ? Elle est maintenant complètement achevée et prête à fonctionner.

— J'avoue que je n'y connais pas grand-chose, répondit le capitaine.

Celui-ci observait l'amoncellement de bois, de poutres, de roues, de poulies, de courroies, et autres objets incongrus, sans deviner à quoi tout cela pouvait servir.

— Cette machine, mon cher capitaine, déclara Dötchi, c'est le progrès ! L'avenir de notre monde ! Grâce à elle, fini les imbroglios et toutes les justifications inutiles. Tout homme soumis au test de la machine ne pourra que dire la vérité. Car son esprit sera projeté là où les sentiments n'ont pas leur place et où le temps n'existe plus. Dans ces moments obscurs, aucun homme ne peut croire ou imaginer. Il ne peut que subir et tout offrir, comme un enfant sortant du ventre de sa mère. Car, maintenant, tout ne sera que vérité limpide et saisissable du bout des doigts ! Vous vous imaginez, capitaine, un monde sans mensonge ? Il sera plus facile pour un empereur de gouverner son peuple. Lorsque je serai appelé à remplacer mon père, je veux que tous mes subordonnés, du plus haut gradé jusqu'au plus petit serviteur, soient soumis au test de la machine, et ce, afin de m'assurer de leur fidélité. Grâce à elle, fini le doute !

Souggïs sentit un grand frisson lui parcourir l'échine. Il ne pensait qu'à servir le futur empereur. Il y aurait sans doute de l'avancement pour lui, à l'avenir. Maintenant, il appréhendait de subir le test de la machine de Dötchi...

Le fils de l'empereur s'approcha de lui, l'œil malicieux.

— Je parie, lança-t-il, que vous aimeriez bien voir Luong Shar là-dedans, n'est-ce pas ?

Souggïs ne répondit pas. Depuis sa guérison, Luong Shar l'avait congédié sans justification : le vieux gardien savait très bien que son jeune élève était le complice de Dötchi.

— Vous aimeriez bien lui faire subir le test de la machine, continua Dötchi, afin de lui faire payer cher son impertinence. Vous vous imaginez ? Le grand Luong Shar, celui qui a fait tant de guerres en compagnie de Djebe et de Gengis Khān... il sera votre serviteur, votre esclave, une fois que nous aurons déchiré son esprit.

Dötchi s'éloigna et alla s'asseoir à son bureau. Il prit une plume et écrivit quelques mots comme s'il se sentait inspiré.

— Moi, dit-il, c'est ce petit paysan insolent, ce Darhan, que j'aimerais bien voir entre ces engrenages. Ce petit insolent qui m'a humilié devant les soldats de mon père... Mais que peut bien faire Günshar ?!

Le prince brisa la plume avec laquelle il écrivait.

— Il devrait être de retour !

— J'ai envoyé des éclaireurs dans les montagnes,

expliqua le capitaine, mais ils n'ont rien trouvé. Il a beaucoup neigé sur les hauts plateaux. Peut-être que Günshar a été retardé.

— Puissiez-vous dire vrai, grommela Dötchi. En attendant, il faudra se tenir prêt. J'ai reçu un message de Tarèk me disant que la vieille Koti avait acheté des feuilles de krolhië. Elle devrait s'empoisonner aujourd'hui. Luong Shar sera effondré. On n'aura qu'à le cueillir comme un fruit mûr.

Le capitaine voulut sortir de la sombre pièce.

— Où allez-vous ? demanda impérativement Dötchi.

— Je vais chercher des hommes, mon maître.

— Pourquoi ?

— Nous allons cueillir le fruit.

— Très bien, capitaine, fit le jeune prince avec un sourire, je prépare la machine !

*

* *

La nuit était glaciale. Sous un ciel étoilé, dans la grande vallée qui s'étendait entre les montagnes, Gekko galopait ardemment. La neige était abondante. Le cheval gardait le pas haut, sautant presque à la manière d'un lièvre, afin de préserver son énergie. Car le temps pressait. Subaï n'allait pas bien. Blotti contre Darhan qui le maintenait en place, le petit voleur de Karakorum ne cessait de délirer en prononçant du bout des lèvres des mots incompréhensibles.

— Chut, Subaï, disait Darhan d'une voix douce. Repose-toi, mon ami. Au matin, nous serons à Karakorum. La vieille Koti va s'occuper de toi. Elle te soignera.

— Le soleil… il est froid. Je voudrais tout oublier..

— Ya ! Gekko ! criait le jeune guerrier. Fonce !

Ils avaient cheminé toute la journée et toute la nuit. Dans quelques heures, le jour se lèverait. Darhan sentait le froid mordant brûler son visage qu'il camouflait difficilement derrière une écharpe en tissu. Il était lui-même épuisé, se demandant où il trouverait la force de poursuivre cette épuisante chevauchée. Il avait si peu dormi au cours des dernières semaines qu'il était affaibli, en proie à des émotions inconnues et à des visions étranges. Dans cette nuit d'hiver, il avait l'impression de voir des choses qui n'existaient pas se découper sur l'horizon : des géants qui semblaient l'observer, immobiles dans la neige, se confondant entre les sommets enneigés et les hauts conifères.

Soudain, les plumes qu'il portait à la ceinture s'agitèrent davantage dans le vent d'hiver. Au-dessus de sa tête, à travers les étoiles, Darhan vit le grand aigle de Djin-ko qui planait majestueusement. Les ailes de l'immense rapace battaient le vent dans la nuit, semblant mener le cheval dans sa course folle. Le garçon sentit son corps s'engourdir comme celui qui s'étend près d'un feu. Il s'endormit paisiblement, tel un enfant au berceau, avec une douce musique dans la tête et des odeurs réconfortantes.

*
* *

À l'aide d'un balai, Luong Shar déblayait patiemment la neige qui s'était accumulée pendant la nuit sur la terrasse de son pavillon. C'était la première neige de l'année. L'homme travaillait lentement. Les grandes cages de la cour étaient vides. Il n'y aurait pas de jugement avant plusieurs semaines, et Luong Shar en était soulagé. Il prenait à cœur son métier de grand gardien des prisons de Gengis Khān. C'était une tâche de la plus extrême importance dont il s'acquittait avec soin.

Il était plongé dans ses réflexions, respirant l'air frais à pleins poumons, lorsqu'un cri horrible lui déchira le cœur. Le vieil homme en fut presque terrassé. Mais il se ressaisit rapidement, car ce cri de mort était celui de sa femme Koti.

Luong Shar laissa tomber son balai et entra à l'intérieur du pavillon. Il se dirigea directement dans les appartements de sa femme où, depuis toujours, elle broyait les herbes pour en extraire les vertus, ainsi que le faisaient les femmes de son ordre.

Le vieux gardien trouva son épouse étendue sur le sol. Elle se tordait dans tous les sens en râlant et en se tenant la gorge à deux mains.

— Koti, mon amour..., dit Luong Shar n tombant à genoux. Mais qu'est-ce que tu as ?!

Il tenta d'immobiliser sa femme qui ne cessait de bouger, en proie à d'horribles convulsions.

— Mais qu'est-ce que tu as ? Qu'est-ce que tu as ?!

Il réussit à prendre la tête de Koti entre ses deux mains. La vue du visage de celle qu'il aimait faillit lui faire perdre la tête. La vieille dame avait la figure tachée de plaques noires, sillonnées d'affreuses veinures qui bougeaient dans tous les sens. Elle avait la bouche ouverte et il en sortait une odeur nauséabonde à faire lever le cœur. Des flots de sang jaillissaient de ses yeux, tombant sur le sol en de longues gouttelettes.

— Tarèk, finit par chuchoter Koti d'une voix que son mari ne reconnaissait pas. Il m'a trahie... Il m'a trahie !

La vieille s'arracha à l'étreinte de son mari et se mit à ramper sur le sol en tendant la main vers une étagère.

— Qu'est-ce que tu veux ? demanda Luong Shar, à quatre pattes à côté de sa femme. Qu'est-ce que tu veux ?

— Le petit sac...

Luong Shar attrapa un petit sac en écailles de serpent.

— Qu'est-ce que tu veux faire avec ? C'est pour quoi ? Koti, réponds-moi ! cria-t-il.

Mais sa femme ne répondait plus. Ses yeux étaient

injectés de sang et elle semblait avoir complètement perdu l'esprit. Luong Shar ouvrit le sac en peau de serpent. Il vit au fond une poudre rougeâtre. Il ouvrit grand la bouche de sa femme avec deux doigts et y versa le contenu du sac. Koti s'étouffa avec la poudre rouge et se retourna sur le ventre, pliée en deux.

Les puissantes convulsions cessèrent pour faire place à une toux profonde, comme si Koti crachait le mal qui était en elle. Après un moment, elle arrêta de bouger.

— Koti, dit Luong Shar. Koti…

Son cœur de vieillard se serra de désarroi lorsqu'il vit son épouse se mettre à se dessécher comme un reptile qui mue. Et bientôt, c'est tout le corps de Koti qui s'effondra comme si, sous l'enveloppe charnelle, il n'y avait plus ni muscles ni os.

— Qu'est-ce qu'on t'a fait ? murmurait Luong Shar. Mais qu'est-ce qu'on t'a fait ?

Le vieux était dévasté par l'horreur et le chagrin. Il n'eut que la force de reculer et de rester assis en s'appuyant le dos contre le mur de la chambre. Il crut bien devenir fou au moment même où, sous les haillons de sa femme, il vit sortir un long serpent qui rampa sur le sol.

Le reptile, qui faisait près de un mètre cinquante, glissa en direction de Luong Shar, paralysé par l'effroi. Il monta sur sa jambe et s'enroula autour de lui.

— Koti, dit le vieil homme du bout des lèvres.

Il caressa la tête froide du serpent d'une main et mit l'autre sur son visage, incapable de retenir plus longtemps ses pleurs.

*
* *

Luong Shar pleura un long moment en laissant faire le serpent qui glissait affectueusement autour de lui. Puis il reprit ses esprits.

— Djebe ! Mon ami ! Il saura quoi faire. Je dois le rejoindre au camp avant que les armées ne partent.

Luong Shar se releva, comme enhardi à la pensée de son vieil ami Djebe, général des armées du Grand Khān. Il prit un ample manteau qu'il mit sur ses épaules, cachant ainsi Koti le serpent, enroulé autour de sa taille. Il se saisit ensuite d'une grande lance, sachant qu'il avait une longue marche à faire jusqu'au camp.

Il sortit d'un pas décidé sur la terrasse du pavillon et traversa la cour de la prison. Les deux gardes qui en surveillaient l'entrée croisèrent leurs lances pour lui bloquer le passage.

— Désolé, maître Luong Shar, dit l'un d'eux. Ce sont les ordres de Souggïs, capitaine des prisons.

Luong Shar recula de quelques pas.

— Il n'y a plus de capitaine des prisons... Il a été renvoyé ! Je suis Luong Shar, le vénérable maître de ces lieux ! Je suis mandaté par l'autorité divine de notre empereur Gengis Khān. Laissez-moi passer !

Les deux gardes furent impressionnés par cette envolée de Luong Shar. Ils se regardèrent, ne sachant pas quoi faire. Luong Shar en profita pour avancer de quelques pas. Mais les sentinelles furent violemment poussées par un homme qui se présenta entre elles. Luong Shar s'arrêta net. C'était Souggïs. Il portait une armure et sa tête était coiffée d'un casque de cuir et de métal.

— Désolé, Luong Shar, vous ne pouvez pas sortir.

Luong Shar eut un sourire mauvais.

— Ainsi, tu ne m'appelles plus « maître Luong Shar ». Tu t'es fait mercenaire à la solde d'un enfant roi, mauvais prince !

Le capitaine s'avança d'un air décidé. Son cœur doutait, mais il n'arrivait pas à échapper à cette conviction qu'il devait bien servir son nouveau maître, Dötchi. Puisque celui-ci lui avait demandé d'arrêter Luong Shar, il croyait qu'il était de son devoir de le faire.

Le capitaine était suivi par deux hommes de main auxquels se joignirent les deux gardes de l'entrée. Luong Shar recula un peu en cambrant son dos à la manière d'un chat. Il jeta par terre son long manteau.

Il se retrouva torse nu avec un de ces pantalons de soie blanche qu'affectionnaient les anciens. Le vieil homme était maigre et ses os étaient saillants, mais il tenait sa lance avec une fermeté et une agilité qui épatèrent ses adversaires. Le plus déconcertant, c'était sans aucun doute ce long serpent qui s'enroulait autour de sa jambe et qui montait jusqu'à encercler sa taille. Le reptile avait la gueule grande ouverte et sifflait en agitant sa langue fourchue...

Une goutte de sueur sortit du bas du casque du capitaine et coula sur son front.

— Qu'est-ce qu'on fait, capitaine ? demanda un des hommes, inquiet à la vue du vieillard et de son serpent.

— Ne vous laissez pas impressionner, dit Souggïs d'une voix incertaine. C'est une illusion. Une pauvre magie inoffensive qui ne peut rien contre vos lances.

Les hommes s'approchèrent nerveusement. La peur est la pire ennemie du guerrier. Elle engourdit ses membres et sa capacité à prendre les bonnes décisions.

Le grand gardien des prisons de l'Empire, l'homme qui avait soumis les anciens Tatars aux côtés de Gengis Khān, resta immobile, tenant sa lance à deux mains devant lui, les jambes écartées et fléchies, les pieds solidement ancrés dans le sol à la manière d'un lutteur. Lorsque le capitaine et ses hommes furent à sa portée, il s'inclina du côté droit en allongeant la jambe. À une vitesse foudroyante, sa lance alla se planter dans le ventre d'un des mercenaires.

Ensuite, Luong Shar fit un pas en avant, puis tourna sur lui-même en portant la lance au bout de ses bras.

Celle-ci, en tournoyant, toucha les jambes de deux autres mercenaires qui perdirent l'équilibre.

Puis, une fois sa rotation terminée, le vieil homme se pencha très bas vers l'avant et alla frapper le quatrième homme en plein ventre. Il avança, fit rapidement un autre pas et frappa le capitaine à la figure avec le manche de sa lance. Souggïs, le nez ensanglanté, tomba sur le dos.

Le vieillard monta sur lui en lui mettant le bout de la lance sur la gorge. Il parla ainsi, son sourire n'ayant jamais quitté sa figure :

— Ainsi, tu croyais vaincre Luong Shar… Tu n'es qu'un enfant ! Tu n'as aucune finesse et ce serait une honte pour moi d'abattre un ennemi aussi minable !… Dis une parole et je te laisserai la vie sauve !

Le capitaine était terrifié. D'un seul geste, Luong Shar pouvait lui enfoncer la lance dans la gorge.

— Pardon, maître Luong Shar, finit par souffler Souggïs.

— Tu es moins imbécile que tu en as l'air, dit le vieux.

Luong Shar retira sa lance et se releva. Il expira longuement, comme pour faire baisser la tension. C'est alors que trois flèches se fichèrent dans son torse nu. L'homme ouvrit grand la bouche, les yeux ronds. Il tourna la tête vers le capitaine, à qui il adressa un sourire, puis il s'effondra par terre.

Le serpent poussa un cri terrible. Il siffla si violemment en crachant du venin que le capitaine recula d'effroi. Le reptile rampa ensuite rapidement près de la palissade de bois où il s'enfonça dans le sol.

— Bravo ! cria une voix.

C'était Dötchi qui, accompagné de quelques archers, était entré dans la cour de la prison en frappant des mains.

— Messieurs, bravo ! Mission accomplie !

Les hommes se levèrent en se tenant soit le ventre, soit les jambes. Aucun d'eux n'avait été transpercé par la lance de Luong Shar. Mais les coups avaient été rudes et les hommes étaient mal en point. Le capitaine Souggïs se remit debout en se frottant la gorge.

— Vous avez réussi votre mission, capitaine, dit Dötchi, le regard menaçant.

— Mais... ne devions-nous pas seulement l'arrêter ?

Le prince le frappa au visage. Souggïs était solide, et Dötchi, mou. Le capitaine ne broncha pas. Il regarda seulement par terre, sans dire un mot.

— Imbécile ! Heureusement que je suis là pour surveiller. Sinon, quel gâchis ! C'est un assassinat ! Pas le Nadaam. Si mon père apprend que j'ai fait assassiner un de ses anciens, il me tuera ! Qu'on apporte les cadavres des brigands et qu'on les dépose dans les alentours. On fera croire à un vol.

Dötchi s'approcha du corps inerte de Luong Shar, transpercé des trois flèches. Il le regarda avec dédain.

— Voilà ce qui arrive, vieil homme, lorsqu'on veut résister au cours du temps. Je suis le fils de l'empereur. Tu n'y pouvais rien !

Dötchi se dirigea vers le pavillon.

« Allons voir, se dit-il, comment se décompose cette vieille sorcière. Le poison devrait l'avoir consumée à l'heure qu'il est. »

Il monta sur la terrasse mais recula vite lorsque, sur le pas de la porte, il vit la silhouette menaçante de Tarèk le chaman. L'immense homme avait le visage camouflé par le capuchon de sa cape noire. On pouvait néanmoins voir son menton et quelques longs poils épars sur le bout de celui-ci.

— Alors, demanda le terrible sorcier de sa voix enrouée, dites-moi, Dötchi, dans quel pétrin vous m'avez fourré ?!

— Moi ? balbutia Dötchi. Je ne vous ai fourré dans aucun pétrin, chaman. Luong Shar est mort…

— Pas Koti !

— Mais elle a pris le poison ! J'ai entendu ses cris de douleur.

Tarèk retira sa cape et révéla son visage hideux et couturé de cicatrices. Sur sa tête, il n'avait que quelques touffes de cheveux sales, s'entremêlant dans tous les sens avec quelques mèches attachées avec des rubans de couleur. L'homme à l'orbite vide regardait, de l'œil qui lui restait, le jeune prince Dötchi.

— La vieille Koti a survécu, dit Tarèk. Elle était ce serpent qui entourait Luong Shar. Est-ce que vous vous rendez compte dans quelle situation vous m'avez mis ?

— Je... je suis le prince, bégaya Dötchi, il faut me respecter...

— Au diable le respect, mon prince ! Vous êtes venu me voir. Je vous ai aidé. Vous deviez tuer la vieille !

— C'était... votre poison...

Tarèk approcha son visage hideux à quelques centimètres de celui de Dötchi. Il sortit une longue langue noire. Le fils de Gengis Khān semblait ensorcelé, n'arrivant pas à esquisser le moindre geste, lui dont le cœur battait si fort sous l'angoisse qu'il aurait bien voulu s'enfuir.

— Je vous conseille de ne pas oublier le serment qui vous lie à moi, déclara le chaman.

— D... d... d'accord...

— Lorsque nous serons aux portes de Samarkand, je vous appellerai. Vous devrez me répondre et faire tout ce que je voudrai.

— Naturellement. Un serment est un serment.

— Bien sûr, fit Tarèk en grimaçant

— C'est Luong Shar que je voulais assassiner. La vieille sorcière, je m'en moquais.

— Pas moi, ajouta Tarèk en s'éloignant.

Le terrible sorcier marcha dans la cour. Il regarda Luong Shar et la piètre mise en scène de Dötchi à l'aide des cadavres de brigands.

— Qui croyez-vous tromper, mon prince ? Gengis Khān, votre père ? Celui qui a uni les tribus mongoles et qui a chevauché aux côtés du vieil homme que vous venez de faire assassiner ?

Dötchi blêmit en entendant le nom de son père. Tarèk disparut rapidement par la grande porte. Le capitaine Souggïs s'approcha. Le jeune prince le saisit par le collet.

— Je vous ai vu ! Je vous ai entendu ! cria Dötchi. Vous avez demandé pardon à Luong Shar. Vous avez brisé votre serment de loyauté envers moi. Vous m'avez trahi !

Le prince sortit à la suite de Tarèk en laissant seul Souggïs qui se tenait la tête à deux mains. Le pauvre capitaine crut bien perdre la raison, ce jour-là, dans la cour de la prison de l'Empire, devant les cadavres de Luong Shar et des brigands.

CHAPITRE 5

DANS LA VALLÉE DE L'ORKHON

Darhan, reposé, ouvrit les yeux. De légers flocons voltigeaient doucement. Le jour s'était levé et le jeune guerrier chevauchait toujours Gekko avec Subaï appuyé tout contre lui. Un pâle soleil d'hiver faisait de difficiles percées dans les nuages de neige. Ils avaient quitté les montagnes et cheminaient dans la vallée du grand fleuve Orkhon. Au loin, ils pouvaient voir Karakorum.

— C'est incroyable ! dit Darhan en regardant le soleil. Le jour est avancé. Je ne peux avoir dormi tout ce temps !

Il vérifia la respiration de Subaï qui râlait faiblement. Il se cramponna ensuite à son cheval en tapant vigoureusement sur son flanc.

— Va, mon ami ! Vole ! Nous y sommes presque.

Une heure plus tard, ils entraient dans Karakorum dans un galop infernal.

Ils traversèrent la grande place du marché, puis se dirigèrent vers la prison. En entrant dans la cour, Darhan fut frappé de stupeur face à la scène d'une extrême désolation. Il sauta de son cheval.

— Maître Luong Shar ! cria-t-il en s'agenouillant près du corps inerte du vieil homme.

Celui-ci reposait sur le dos, la poitrine transpercée des trois flèches envoyées par les archers de Dötchi. La neige avait commencé à ensevelir la dépouille.

Darhan regarda avec dépit les cadavres d'hommes qu'il ne connaissait pas.

— Je dois absolument prévenir la garde !

Il se leva, s'appuya sur son cheval pour se mettre en selle, mais son attention fut attirée par un serpent qui glissait sur la neige. Le reptile monta sur le corps de Luong Shar où il s'enroula sur lui-même.

— Qu'est-ce que c'est que ça ? fit Darhan en sortant son épée.

Il voulut éloigner le serpent de la dépouille, mais celui-ci se redressa et siffla en sortant sa langue fourchue.

— Holà ! Sale bête. Fiche le camp !

Darhan sentit alors que quelque chose bougeait frénétiquement dans l'une de ses poches. Il l'ouvrit pour voir s'échapper la petite grenouille que lui avait donnée Tchugoïa, la sorcière du marais.

Le batracien tomba dans la neige et demeura figé par le froid. Darhan voulut ramasser la grenouille, mais le serpent, plus rapide, s'étira et attrapa la petite rainette vert et argent. Le reptile reprit sa place sur le corps de Luong Shar tout en avalant sa proie avec de légères convulsions, le cou tendu vers le haut.

— Ma grenouille, dit Darhan.

Il réentendit la voix de Tchugoïa : « Quelque chose me dit que cette rainette te sera fort utile pour aider quelqu'un qui te sera indispensable. »

Le garçon resta sans bouger, contemplant le serpent qui, après avoir avalé la grenouille, s'enroula sur lui-même en enfonçant sa tête sous l'aisselle de Luong Shar. C'est alors qu'une chose incroyable se produisit.

Il sembla à Darhan que l'animal enflait. Et en effet, sa peau se fendit violemment sur toute sa longueur. La chair du serpent long et sinueux fit lentement place à une forme d'aspect humain. Un instant plus tard, c'était le corps nu d'une vieille femme qui se trouvait sur celui, inerte, de Luong Shar. Darhan reconnut Koti. Il s'avança, déconcerté, et enveloppa la femme avec sa cape.

La vieille dame se leva, comme étourdie. Elle riait en tendant les bras vers Darhan.

— Petit homme, tu as rencontré Tchugoïa…

Puis elle se mit à pleurer son amour, mort à ses pieds. Koti pleura longtemps dans les bras du garçon.

*

* *

Le général Djebe était dans son quartier général. Il avait appris la mort de son vieil ami Luong Shar et, depuis trois jours, il était de fort mauvaise humeur, consommant de l'alcool plus qu'à son habitude. Assis sur un tabouret de bois sculpté, au milieu de plusieurs peaux de moutons étendues par terre, le vieux général regardait un jeune homme, sale et couvert de poussière, se tenant devant lui. C'était un émissaire de retour du royaume tangut.

— Tu as galopé pendant trois jours et trois nuits... Tu es sûr de ce que tu dis ?

— Oui, maître Djebe, j'en suis sûr.

— On jurerait que tu as perdu la tête ! Tu te rends compte des répercussions de ton témoignage ?

— Oui, ô maître, mais ce sont exactement les mots que m'ont dits les seigneurs tangut ! Ils ont opposé une fin de non-recevoir à la demande du Grand Khān en prétextant divers conflits commerciaux entre leur royaume et l'Empire mongol.

— Ils ont juré allégeance ! cria Djebe en lançant son verre d'alcool qui alla se fracasser contre une cloison. Ils avaient accepté de nous fournir vingt-cinq mille hommes et maintenant ils renient leur engagement. C'est du suicide. Gengis Khān sera dans une colère sans nom.

L'émissaire ne disait rien, se contentant de garder la tête baissée en signe de déférence envers le vieux général. Le sergent Ogankù entra dans la pièce. Il regarda Djebe puis l'émissaire.

— Nous serons moins que prévu ? demanda-t-il.

— Oui, soupira Djebe, nous serons moins que prévu. Le vieux général se versa une tasse de thé brûlant qu'il avala d'un trait. Il ne grimaça pas, comme si cette gorge qui avait traversé le temps ne ressentait plus rien des douleurs physiques. Mais l'esprit du vieil homme était tourmenté.

— Oganků, pour la première fois de ma vie, j'ai peur. J'ai peur que nous ne fassions une bêtise. L'Empire perse, de l'autre côté de l'Altaï, est puissant. On dit que, rien qu'à Samarkand, il y a plus de cent mille hommes pour défendre la ville. Et qu'il en y a autant à Herāt et à Boukhara. Je me demande si nous ne sommes pas en train de commettre une folie en s'attaquant à Mohammed Shah. Si nous perdons cette guerre, la nation mongole ne s'en relèvera jamais et l'alliance qui a mis un terme à mille ans de guerres fratricides entre nos tribus pourrait être brisée.

— Mohammed Shah a ouvert les hostilités en attaquant les marchands mongols.

— C'est ce qu'on dit, Oganků... Mais le saurons-nous jamais ?

— C'est-à-dire ?

— Au cours de mes campagnes, j'ai appris l'histoire d'un fameux général, un Grec nommé Alexandre. Il mena ses armées dans toutes les terres de l'Asie, jusqu'aux portes de nos ancêtres. Cet homme avait un mentor nommé Aristote, grand maître de logique.

— Qu'est-ce que la logique, ô mon maître ?

— On ne saura jamais la vérité, Oganků, mais on peut toujours se demander à qui profite le crime.

— Vous croyez que Gengis Khān a organisé l'assassinat des marchands pour ouvrir les hostilités contre les Perses ?

— Peut-être pas lui.

— Qui aurait intérêt à ce qu'une guerre éclate, alors ?

— Je ne sais pas.

— Tarèk ?

— Possible.

Le général commença à s'habiller, enfilant ses bottes de fourrure et son manteau.

— Où allez-vous ? demanda le sergent.

— Je dois aller à Karakorum annoncer à Gengis Khān que les Tangut n'ont pas respecté leur engagement…

— Ce ne sera pas nécessaire, mon maître.

— Pourquoi donc ?

— On annonce la venue de l'empereur pour demain matin. Lui et sa garde prétorienne, la Keshig, vont quitter la capitale au lever du jour pour nous rejoindre. On dit que le Grand Khān est dans une colère et une forme splendides.

— Tant mieux pour la forme et tant pis pour la colère, marmonna Djebe.

*
* *

Darhan était assis dans une yourte. Seul un petit feu en éclairait l'intérieur. Quelques meubles de bois ainsi qu'un vieux tapis recouvraient le sol. Au centre, près du feu, Subaï était étendu et ficelé dans des couvertures, le crâne rasé, recouvert d'une poussière grise.

— J'ai l'air malin, disait son regard lucide qui ne quittait pas Darhan.

Le jeune guerrier lui fit un clin d'œil complice.

Tout au fond de la yourte, Koti tenait un petit tambour qu'elle frappait dans un roulement long et profond. Elle prononçait des mots incompréhensibles, des sortes de prières récitées dans une langue inconnue n'appartenant qu'aux esprits et censées guérir le jeune Subaï. Et celui-ci, en effet, allait mieux.

Cela faisait trois jours qu'ils avaient quitté Karakorum. Koti avait affronté son chagrin courageusement et avait proposé cette fuite. Elle devait reprendre des forces et surtout réfléchir à la situation. Ils avaient monté une petite yourte près d'une communauté nomade qui campait sur les rives de l'Orkhon, à quelques heures de la capitale.

Une fois ses incantations terminées, Koti libéra Subaï. Elle lui lava le crâne en lui affirmant qu'il était maintenant guéri.

— Mais, toute ta vie, tu garderas des séquelles. C'est un fardeau qui t'appartient dans cette nouvelle vie que t'ont donnée les esprits.

Subaï regarda Darhan, inquiet.

— Tu as failli mourir, expliqua le jeune guerrier. Koti t'a sauvé la vie.

— Alors, je suis à votre service, fit Subaï en regardant la vieille dame.

— Oui, répondit-elle. Mais, en attendant, il faut manger pour reprendre des forces.

Ils mangèrent tous les trois un ragoût de mouton. Après le repas, Koti s'approcha de Darhan.

— Je vais t'accompagner à Samarkand, dit-elle. Je saurai me rendre utile. De toute façon, je n'ai plus rien à faire à Karakorum. Il y a là des souvenirs impossibles à oublier.

Koti avait pleuré pendant près de deux jours la mort de Luong Shar, son vieil amoureux. Lorsque ses larmes avaient cessé de couler, elle avait fait ce serment : « Je jure que mon esprit ne connaîtra pas de repos tant que je ne me serai pas vengée de Tarèk le chaman. »

Elle avait proclamé ces paroles d'une manière qui avait effrayé Darhan, tant la douleur et la haine qui les animaient étaient profondes. Mais, aussitôt les mots fatals prononcés, elle s'était adoucie et avait posé sur son visage de vieille dame un sourire candide qui ne l'avait pas quitté depuis.

Les femmes avaient l'habitude d'accompagner les armées à la guerre. Cette particularité fut sans doute l'une des grandes forces des nomades mongols. Leurs femmes et leurs enfants n'étant jamais bien loin, les hommes avaient rarement le mal du pays. Ils demeuraient des guerriers convaincus et motivés, et ils le prouvaient sur les champs de bataille. Les nomades qui envahirent ainsi le monde, au cours de l'histoire, n'avaient pas de lieu d'existence précis. Ils étaient partout chez eux et c'était toute la terre qui leur appartenait. Ce fut sans doute pourquoi ils parvinrent à créer des empires s'étendant sur des distances phénoménales.

Il s'écoula une journée pendant laquelle Darhan et Subaï firent les préparatifs avant de rejoindre les armées mongoles. Ils en étaient à fabriquer des brancards sur lesquels seraient transportés la yourte et les objets divers du ménage. Darhan frappait avec un maillet sur des rondins que tenait Subaï.

— Comment vont Hisham et Kian'jan ? demanda Subaï.

— Ils vont bien, répondit Darhan, qui avait vu les deux hommes la veille, à Karakorum. Ils s'inquiétaient pour toi, surtout Hisham. Je leur ai dit que tu allais bien.

— Ils vont nous rejoindre ce soir ?

— Si tout va bien, oui. Ils vont acheter des vivres et des couvertures pour le voyage. Il paraît que la traversée des monts de l'Altaï ne sera pas de tout repos. C'est l'hiver.

— Gengis Khān accompagnera son armée ?

— Oui.

— Et son fils Dötchi ?

— Oui, dit encore Darhan en se donnant un coup de maillet sur les doigts.

*

* *

Dans la nuit froide, une douce fumée blanche sortait par la cheminée de la yourte de Koti. Blanche comme les nuages, elle formait de grands oiseaux dans le ciel étoilé. Darhan n'était pas très loin. Il regardait le reflet du ciel dans les eaux de l'Orkhon. Le grand fleuve qui descendait des montagnes s'étirait dans des méandres infinis sur la steppe.

Darhan ne semblait trouver de repos que la nuit, lorsqu'il laissait son âme vagabonder d'une étoile à l'autre, lorsque, dans l'immensité de la Voie lactée, son cœur quittait ses peurs et que tout n'apparaissait plus que comme un magnifique rêve, éternel. Toutes ses pensées, figées ainsi dans l'éternité, allaient à sa mère et à ses sœurs.

Un bruit se fit entendre dans son dos. Le garçon se retourna et vit Koti qui s'approchait. La vieille dame était enveloppée d'une fourrure qui lui couvrait la tête et lui descendait jusqu'aux pieds.

— Depuis trois nuits, je t'observe et, chaque fois que le ciel s'éclaircit, tu te réfugies en solitaire auprès des étoiles. Tu es un garçon étrange, jeune Darhan. Tu es béni par les esprits. On le voit à cette lumière étrange qui éclaire tes yeux.

— On m'a raconté que mon père savait lire dans les étoiles. Malheureusement, moi, je ne le peux pas.

— Moi, je crois sincèrement que tu le peux. Sinon tu n'en serais pas là. Les étoiles nous observent plus que nous ne le pouvons nous-mêmes. Elles nous connaissent, savent qui nous sommes et nous dictent notre conduite. Celui qui les regarde ainsi ne peut qu'être ensorcelé par elles.

— Vous croyez que je ne suis plus maître de mon destin ?

— Quelle étrange question ! Toi seul le sais. Que vas-tu faire à Samarkand ? Avec un regard comme le tien, on n'y va pas faire la guerre.

Darhan raconta alors sa rencontre avec Maï-li, la fée du lac, puis il parla de sa fille Bun-yi qu'il s'était proposé de ramener.

— L'histoire de cette jeune fille est une légende, affirma Koti. On raconte que le grand vizir Zohar a vécu plusieurs vies grâce à la jeune fille voilée et qu'il contrôle le cœur des shahs perses, et ce, depuis des générations…

— La fée a promis que mon destin croiserait celui de mon père si je l'aidais.

Koti écoutait Darhan avec intérêt. Elle prit son visage entre ses mains et baisa doucement son front.

— Pauvre Darhan, dit-elle. Ton amour pour ton père disparu t'a mis entre les mains des esprits. Tu es maintenant possédé par eux et ils se servent de toi.

— Vous croyez que les esprits n'ont pas de nobles intérêts ?

— Ils ont des intérêts que nous, pauvres humains, ne pourrons jamais comprendre tout à fait. Le seul conseil qu'une vieille dame comme moi puisse te donner, c'est de suivre ton cœur. Lui seul peut t'indiquer le bon chemin.

— Alors, c'est ce que je fais, assura Darhan.

Koti s'éloigna et fit quelques pas sur la couche de glace qui recouvrait l'herbe longue de la plaine. Elle parla pour que le jeune guerrier puisse l'entendre distinctement :

— Ainsi, j'ai compris, ô Tarèk, pourquoi tu tiens tellement à cette guerre contre les Perses ! J'ai compris tes sombres objectifs dans ce bas monde. Les esprits noirs avec lesquels tu frayes la nuit ont consumé ton esprit. Tu veux t'emparer de la jeune fille qui rend les hommes fous pour te servir de ses pouvoirs afin de contrôler le cœur des khāns. Eh bien, sorcier, conclut-elle, tu as montré la voie à ma vengeance et par où je te frapperai !

Elle se retourna et regarda Darhan avec un doux

sourire qui contrastait avec les mauvaises paroles qu'elle venait de prononcer.

— Nous allons délivrer ensemble cette jeune fille et la ramener à sa mère.

*
* *

Les flambeaux étaient éteints dans la grande salle du palais en ce début de matinée. La lumière pénétrait par les larges ouvertures servant de fenêtres sur le mur ouest. Gengis Khān aimait que l'air frais et la lumière du jour pénètrent dans la salle, et c'est pourquoi il gardait les volets ouverts. Il croyait que, ainsi, ses idées seraient plus claires et qu'il arriverait à un meilleur jugement pour les affaires de l'Empire. Par contre, en cet hiver naissant, le froid obligeait les serviteurs à s'habiller comme s'ils étaient à l'extérieur ; l'humidité gelait les parquets et obligeait tout le monde à faire preuve de la plus extrême prudence afin de ne pas tomber en se déplaçant.

Assis sur son trône, un modeste tabouret de bois finement sculpté par ses ancêtres, l'empereur de toutes les nations mongoles attendait son fils Dötchi avec qui il devait avoir un entretien. L'homme était songeur. Dans sa main droite, il tenait un parchemin ainsi qu'une plume noyée d'encre. Habillé de son armure, avec sur la tête un casque de fourrure et de métal orné de deux plumes d'aigle descendant de chaque côté, Gengis Khān se préparait à mener sa guerre contre l'Empire perse. Il était accompagné par deux membres de sa garde rapprochée, la Keshig.

La porte s'ouvrit et Dötchi apparut. Le fils de l'empereur avait l'armure d'apparat qu'il portait le jour où il avait été humilié par Darhan devant tous les soldats de l'armée. La boue avait été enlevée et le cuir ciré était luisant. On aurait dit un prince de Chine tant cette parure était loin de l'ordinaire mongol. Plus soucieux de choses pratiques que d'étalage cérémoniel, Gengis Khān aimait porter l'armure toute simple qui l'accompagnait comme un fétiche depuis son enfance et ses premières guerres.

— Alors, mon fils, te voilà prêt. Il y a plus d'une heure que nous devrions être en route.

— Je vous demande pardon, mon père.

Gengis Khān se leva et s'approcha de Dötchi qu'il ne quittait pas des yeux. Le fils aîné de la famille, l'héritier du trône, tremblait intérieurement. Il avait peur que ses intrigues ne fussent parvenues aux oreilles de son père.

— Luong Shar, le gardien de mes prisons, est mort, dit l'empereur.

— J'ai appris la nouvelle il y a deux jours, répondit Dötchi.

— Les corps de quelques Ouïghour ont été retrouvés dans la cour.

— Des brigands, je crois.

— En effet. Les chefs ouïghours me l'ont confirmé hier soir. Les hommes qu'on a retrouvés dans la cour de la prison étaient des voleurs, bannis de leurs familles. Ils erraient sur nos terres en volant nos honnêtes paysans.

— La mort de Luong Shar aura permis la disparition de quelques-uns d'entre eux.

— Par contre, poursuivit l'empereur, l'un des chefs qui les connaissait bien s'est étonné qu'ils aient osé entrer dans Karakorum et s'attaquer à l'illustre Luong Shar. Dans quel but, en effet ? Je m'en étonne aussi !

Le regard de Gengis Khān pesait de toute sa puissance sur son fils. On racontait que l'empereur était l'élu des dieux. Dötchi avait peur de son père.

— Ces brigands, lança-t-il en ravalant sa salive, avaient peut-être quelques comptes à régler avec Luong Shar. C'était un homme qui avait beaucoup d'ennemis.

— Beaucoup d'ennemis, en effet, fit le Grand Khān en élevant la voix et en tournant le dos à son fils.

Il retourna s'asseoir sur son trône. Il eut ensuite un long soupir audible de tous. Puis il tendit à son fils le parchemin qu'il avait à la main. Dötchi s'approcha et saisit le document.

— Qu'est-ce, mon père ?

— Ceci, mon fils, est mon testament. Je suis l'empereur et je dois assurer ma succession si, par malheur, je devais mourir durant cette guerre contre les Perses. Je te demande de le lire et de le signer comme l'ont fait tous les membres de notre famille.

Dötchi avait la main qui tremblait. Le moment qu'il attendait depuis sa plus tendre enfance était enfin venu. Il déroula le précieux parchemin. Il lut nerveusement, à travers les lignes, cherchant à en comprendre le sens. Puis il se figea lorsqu'il comprit...

Livide, il dévisagea son père, en proie au plus profond désarroi.

— Mais, père..., finit-il par dire péniblement, je... je suis l'aîné de la famille.

Le Grand Khān eut un pincement au cœur en sentant la profonde peine de son fils. Il quitta le trône et s'approcha de lui.

— Mon fils, ceci est pour le bien de l'Empire, crois-moi. Un jour, ta mère a été enlevée par mes ennemis. J'ai fait la guerre et j'ai retrouvé ma femme. Peu de temps après, elle a annoncé qu'elle était enceinte. Il n'en a pas fallu davantage pour que les rumeurs au sujet de ma paternité soient lancées. Je t'ai toujours reconnu comme mon fils et je le ferai toujours.

— Vous êtes l'empereur ! Les choses ne devraient pas se passer ainsi ! Personne ne peut contester votre volonté !

— Cette décision est politique. Je suis désolé. L'union entre les tribus est fragile. Il ne faut pas laisser à nos ennemis l'occasion de nous affaiblir. Les hommes sont avides de pouvoir. Il faut absolument garder la nation unie. Le titre de khān ira à ton frère Ögödei pour le bien de nos intérêts à tous.

Dötchi se mordit la lèvre jusqu'au sang. Il était inutile de discuter plus longuement avec son père. Il signa le document d'une main tremblante, tourna les talons et quitta la grande salle. Il trouva refuge au sein des catacombes du palais où il pleura d'un chagrin indescriptible en ruminant les plus sombres pensées. Des pensées qui, une fois devenues actes, allaient marquer de façon indélébile le cours de l'histoire.

CHAPITRE 6

LES CHEMINS DE LA GUERRE

Le camp était en émoi. Le général Djebe, vêtu de son armure, était assis sur son cheval. Derrière lui, des dizaines d'étendards arboraient les couleurs de toutes les tribus. L'homme était accompagné de ses hauts commandants. Tous se tenaient prêts à accueillir Gengis Khān dont on avait annoncé l'arrivée ce matin-là. Sur le flanc d'une colline, à l'est, un énorme nuage de poussière signalait que l'empereur et sa garde rapprochée s'en venaient au galop.

C'était donc en cette journée du début de l'hiver qu'on partait faire la guerre. Tout était prêt, si ce n'était des Tangut qui n'avaient pas répondu à l'appel de l'empereur.

Les tambours battaient puissamment dans la vallée de l'Orkhon. Le Grand Khān et sa Keshig furent rapidement entourés par des dizaines de milliers d'hommes qui frappaient leurs armures à l'aide de leurs lances en signe d'allégeance. L'empereur de soixante-deux ans ne bougeait pas, ne souriait pas, restant impassible, fidèle à cette image de fils des dieux.

Tous les hommes s'écartèrent pour les laisser passer, lui et sa garde. De chaque côté se tenaient deux cavaliers portant d'immenses étendards représentant le faucon blanc sur fond bleu. Au bout de chacune des hampes étaient accrochées neuf queues de chevaux. L'empereur s'approcha de son général, Djebe.

— Soyez le bienvenu, ô Gengis Khān, empereur de toutes les tribus ! dit Djebe d'un ton solennel. Votre armée est prête à se battre !

— Tu as bien travaillé, Djebe. Comme toujours, tu as mérité ma confiance.

— C'est cette confiance qui m'inspire chaque jour, ô empereur Océan ! J'ai, malgré tout, la désagréable obligation de vous annoncer que les Tangut ne se joindront pas à nous. Ils devaient nous envoyer vingt-cinq mille hommes. Ils ont malheureusement opposé une fin de non-recevoir à votre émissaire.

L'empereur ne sourcilla pas. C'est à peine si l'on entendit un sourd grognement. Par contre, Djebe vit distinctement dans l'œil du vieux guerrier que ce geste ne resterait pas impuni. Si Gengis Khān revenait de ses guerres en Asie centrale, le royaume tangut allait payer cher son insolence. L'homme avait la mémoire longue.

— Les armées partiront aujourd'hui, déclara le Grand

Khān. Mais dis-moi, Djebe, quel chemin prendrons-nous ?

— Il a beaucoup neigé ces derniers jours. La traversée des monts de l'Altaï sera très dure pour le bétail qui accompagne l'armée. Je dois suggérer d'emprunter la route vers le sud, par le désert de Taklamakan. Cette voie plus longue nous rend, par contre, plus aisément repérables...

— ... et laisse plus de chances à notre ennemi de s'organiser, continua une voix sourde et caverneuse.

C'était Tarèk qui venait de s'avancer. L'imposant chaman était disproportionné sur son petit cheval aux jambes très courtes. Djebe remarqua que tout contre le sorcier se tenait un singe noir qu'il ne cessait de caresser du doigt.

— En effet, fit le général, notre ennemi pourra mieux s'organiser. Mais c'est la meilleure solution si nous voulons arriver avec des vivres aux portes du royaume perse. D'ailleurs, nous pourrons plus aisément rejoindre Kachgar qui nous servira d'avant-poste pour le ravitaillement. Si la ville se soumet à votre volonté, bien sûr.

— D'accord, dit le Grand Khān, puisque c'est la recommandation du général, nous prendrons la route du désert. Et Kachgar se soumettra. J'en fais le serment.

Tarèk grogna, sans plus.

Et cette armée spectaculaire, qui devait comporter plus de cent mille âmes, et autant en chevaux et autres animaux, se mit en marche. Kereyit, Qiyat, Ouïghour, Bordjigin, Qonjirat, Ongüt : toute la horde des tribus se déploya comme une marée infinie sur la steppe. Il fallut une journée complète pour que toutes les troupes soient enfin en mouvement. Lorsque les Mongols attaquaient, c'était toute une nation qui se déplaçait. Femmes, bétail, caravanes de chameaux... C'était un spectacle impressionnant qui n'a plus son pareil. Cette attaque contre Mohammed Shah était le déplacement de la plus grande armée mobile de tous les temps, un phénomène propre aux nomades du temps passé qui parcoururent le monde à la recherche d'aventures.

*
* *

Cela faisait plus de deux semaines que la longue marche des Mongols avait débuté. On était maintenant arrivé à l'orée du vaste désert de Taklamakan. Au nord, on pouvait voir nettement les sommets enneigés de la chaîne des monts de l'Altaï. Ceux-ci, menaçants, ne faisaient regretter à personne le changement de route.

L'armée s'était accordé un repos de deux jours. Des yourtes avaient été montées, permettant à tous de bien se reposer avant de se remettre en marche. Pendant cette semaine de déplacement massif, les voyageurs avaient dormi à dos d'animal, se nourrissant de viande séchée et de lait cru. Le camp était maintenant silencieux comme le désert que les troupes se préparaient à affronter ; plus de cent mille âmes dormaient pour récupérer les heures de sommeil perdues.

Djebe était seul dans sa yourte. Assis par terre, il tenait sa tête entre ses deux mains, n'arrivant pas à dormir. Et pourtant, il était épuisé. Oganků, son fidèle sergent, entra prestement.

— Je l'ai retrouvé, mon général.

— Et comment va-t-il ?

— Il va très bien. Il commande une petite troupe bien organisée, associée à une subdivision de Qonjirat. Il est accompagné par quelques hommes et une vieille dame. Ils ont des chevaux, des vivres…

— Il commande une troupe ?

— Oui, quelques soldats qui se disent ses fidèles.

— Eh bien, sergent… il faudra faire attention ! Dans quelque temps, ce garçon prendra notre place. Allons à sa rencontre. J'ai hâte d'avoir de ses nouvelles.

Djebe enfourcha son cheval, accompagné d'Oganků, et traversa le dédale des tentes qui envahissaient la plaine sur des kilomètres.

Après avoir franchi un large ruisseau peu profond et recouvert d'une mince croûte de glace que fracassèrent les chevaux, Oganků pointa du doigt une yourte apparemment montée à la hâte, en haut d'une petite butte. Sur son toit flottait un étendard aux couleurs des Qonjirat.

Devant, quelques soldats étaient assis autour d'un feu. Tout près, le général vit Darhan qui affilait une lance à l'aide d'une pierre sous le regard vigilant d'un homme énorme portant la barbe.

Hisham le Perse montrait au jeune guerrier l'art de l'aiguisage. Tout près se tenait Subaï qui écoutait d'un air indifférent en bayant aux corneilles, les deux mains jointes derrière le dos. En retrait, assis sur une pierre, Kian'jan le Tangut discutait avec la vieille Koti qui n'hésitait pas à transmettre quelques connaissances précieuses au jeune garçon.

— Cette dame a un savoir millénaire. Le même que m'a enseigné ma mère avant de mourir, avait répondu Kian'jan à Hisham qui lui posait des questions quelques jours auparavant.

— Je suis content, mon ami, que tu aies trouvé quelqu'un pour parfaire tes connaissances. Tu as un talent pour la guérison. Tu seras un grand magicien.

— Magicien ! Pas vraiment, avait répliqué Kian'jan en souriant.

Darhan abandonna son travail et leva la tête vers les deux cavaliers qui approchaient de leur campement.

— Qui cela peut-il être ? demanda Hisham.

— Des hommes du prince ? souffla Subaï.

— Non, dit Darhan en se redressant. Je les connais.

Le jeune guerrier s'avança vers les deux cavaliers et fit la révérence, ce qui étonna ses compagnons.

— Soyez les bienvenus dans mon modeste campement, déclara-t-il en s'inclinant.

— Modeste ?! s'écria Djebe en enlevant son capuchon. Tous les hommes rêvent d'un campement comme celui-là. Vous allez faire des jaloux !

— … ou des curieux, ajouta Oganku.

Djebe acquiesça d'un air soucieux.

— Est-ce que nous pouvons aller discuter à l'intérieur ? demanda-t-il.

Darhan invita le général et son sergent à pénétrer dans la yourte. Subaï vint leur porter du thé. Ils s'assirent sur des tapis confortables.

Djebe prit une gorgée de thé et Oganku en fit autant. Darhan fit signe à Subaï de sortir, même s'il savait que toute discrétion avec lui était inutile. Ce garçon avait l'ouïe du renard et pouvait entendre comme aucun homme. Même à cinq mètres de la yourte, Subaï entendrait tout comme s'il avait été assis avec eux.

— Je t'envoie en mission seul, lança Djebe, et je te retrouve avec une suite, accompagné de deux mercenaires, l'un tangut et l'autre perse. Tu es un jeune homme étonnant, Darhan. Tu es un redoutable survivant.

— Nous avons eu une mission difficile, répondit Darhan avant de relater son aventure dans les Montagnes noires.

Il parla seulement d'Obakou et des hommes-cerfs ainsi que de la trahison de Günshar. Il ne dit pas un mot sur la fée, préférant éviter de mentionner le moindre phénomène surnaturel, de peur de paraître trop excentrique aux yeux du général qui lui semblait un homme pragmatique.

Lorsqu'il raconta à Djebe la découverte du corps de Luong Shar, Darhan sentit qu'il touchait une corde sensible en lui. Aussi s'abstint-il de trop entrer dans les détails pour ne pas heurter la sensibilité du vieil homme.

— Koti est affirmative, poursuivit-il. Elle a vu le prince et ses hommes, ce matin-là, mettre les corps inertes des bandits ouïghours autour de celui de Luong Shar.

Le général ferma les yeux en secouant doucement la tête de droite à gauche.

— Nous serons patients et attendrons notre heure Dötchi est fils de khān et un membre influent de la tribu des Qiyat. Un jour, il nous tendra la main et nous la refuserons. Les gens de sang noble tombent toujours de très haut, jusqu'à s'en casser le cou, lorsqu'on les abandonne. En attendant, nous avons moins à craindre de lui. Ce que j'avais prédit est arrivé. Gengis Khān a nommé son benjamin, Ögödei, comme successeur. Il l'a laissé s'occuper des affaires de l'Empire à Karakorum et a emmené Dötchi à la guerre avec lui.

Djebe ajouta d'une voix faible, presque dans un murmure :

— Ainsi, il a disposé les corps des Ouïghours autour

de Luong Shar de manière à faire croire à un assassinat… Oganků, comprenez-vous jusqu'où le pouvoir peut corrompre le cœur des hommes ?

— Qu'on m'en préserve, dit le sergent.

— Qui sait ? Peut-être, un jour, me trahirez-vous ?

— Jamais, mon général !

— Je vous crois, certainement. Mais vous avez peut-être tort. Si un jour vous jugez ma conduite répréhensible parce que je fais le mal, il faudra trahir ma confiance. Ce jour-là, est-ce que vous serez un traître ?

— Si j'agis selon ma conscience, non, dit le sergent, la tête haute.

Le général approuva la réponse d'Oganků. Il se leva et regarda Darhan.

— J'aime m'entourer d'hommes libres et fiables, affirma-t-il. La grande force de notre armée est son service de renseignements. Quand nous arrivons dans un pays, nous savons à qui nous avons affaire. Nous connaissons les endroits où l'on pourrait nous tendre des embuscades et nous les évitons, attaquant toujours notre ennemi sur son point le plus faible. C'est en bonne partie ce qui a fait de notre empereur un grand commandant, menant toujours ses hommes à la victoire. C'est pourquoi je te fais cette demande de la plus haute importance : est-ce que tu voudrais, avec ta troupe, te mettre à notre service comme éclaireur ?

— C'est beaucoup d'honneur, répondit Darhan. Malheureusement, je n'ai aucune idée de ce qu'on doit faire quand on est éclaireur.

— C'est un travail difficile. Ceux qui le font doivent être excessivement mobiles pour éviter toute rencontre avec l'ennemi. Tu as un mercenaire perse dans ton équipe ; cela peut s'avérer très utile lorsque viendra le temps de vous faire passer pour autre chose que ce que vous êtes.

— Comment ça ?

— Si des hommes de Mohammed Shah vous attrapent, vous n'allez pas dire que vous êtes des guerriers mongols venus les envahir, n'est-ce pas ?

— En effet, mon général, fit Darhan. Je vais discuter avec mon équipe et nous vous ferons connaître notre réponse dès aujourd'hui.

Le général remit sa cape sur ses épaules. Avant de sortir, il regarda Darhan d'un air grave.

— Tu sais, dit-il d'un ton hésitant, j'ai peur que cette guerre ne nous mène à la défaite. J'ai l'impression que l'empereur fait une folie en s'attaquant à la puissante armée perse. Gengis Khān est orgueilleux et il veut punir Mohammed Shah. Si nous voulons triompher, nous aurons besoin que nos meilleurs éléments travaillent pour nous.

— J'ai bien compris, assura Darhan.

Le général sortit de la yourte, suivi d'Oganků. Ils montèrent sur leurs chevaux et partirent au galop dans l'immense campement qui s'étendait à l'orée du désert. Ils disparurent en ne laissant derrière eux qu'un gros nuage de poussière qui resta suspendu longtemps dans l'air. Darhan réunit son équipe autour du feu.

— Mes amis, je dois vous parler.

— Nous parler de quoi ? demanda Hisham.

— De ma rencontre avec le général Djebe.

— Oh ! nous savons tout ! déclara Koti avec le sourire.

Darhan regarda Subaï, qui baissa les yeux, l'air embarrassé.

Pendant que la petite équipe discutait de la proposition de Djebe, au loin, sur une colline surplombant la plaine, des silhouettes inquiétantes les observaient. C'était Dötchi, accompagné de deux hommes de main. Le fils renié de l'empereur regardait cette scène en serrant les dents.

— J'ai eu raison de faire espionner Djebe. Ce général au cœur tendre est notre pire ennemi. J'ai retrouvé ce paysan ! Il se cache chez les Qonjirat... Très bien. Vous laisserez un homme pour surveiller leur campement. Nous allons concocter une jolie surprise à notre ami Darhan. Il est venu à bout de cet imbécile de Günshar, mais il ne pourra rien contre moi. Je vais prendre personnellement cette affaire en main. Sa douleur fera notre satisfaction et notre honneur sera vengé !

*
* *

À la nuit tombante, dans le campement mongol, Djebe se tenait, impassible, devant une immense yourte aux armoiries des Qiyat de Gengis Khān. Le vieux général regardait une multitude de feux qui s'étendaient jusqu'à l'horizon. Chaque lumière se découpant dans la nuit signalait un campement de dix à cinquante hommes. L'armée était colossale, certes, mais le cœur du général était inquiet. Nul doute que les Perses étaient au courant de ce déplacement de masse et qu'ils se préparaient dans leurs cités à les recevoir. Samarkand serait particulièrement difficile à prendre. Les murailles étaient hautes et épaisses de plusieurs mètres ; les Mongols se battaient mieux sur terrain ouvert qu'en guerre de siège pouvant s'étirer sur des mois ou même des années.

— Djebe ! cria une voix à l'intérieur de la yourte. Djebe, on t'attend !

C'était la voix de l'empereur qui l'appelait. Le général entra et alla au-devant du khān. Plusieurs chefs de tribus et hauts gradés étaient assis sur des coussins posés par terre. Sur un petit tabouret de bois, sobrement peint de quelques dorures, Gengis Khān trônait.

On avait disposé des osselets sur un carré dessiné sur le sable. Chaque petit os représentait une division de l'armée mongole. L'empereur discutait avec ses commandants des différentes stratégies pour venir à bout des Perses de Mohammed Shah. Une rangée de petites pierres traversait le carré de sable, symbolisant une muraille qu'il faudrait franchir une fois les hostilités engagées. Depuis plus de trois heures, les hommes discutaient et n'arrivaient pas à s'entendre sur la stratégie à emprunter.

— Eh bien, Djebe ? lança le Grand Khān alors que tous les hommes présents le regardaient. Tu sembles ne plus t'intéresser à nos discussions !

— Je réfléchis, ô Gengis Khān ! Nous discutons depuis des heures et nous n'arrivons pas à nous entendre. Dans quelques semaines, nous serons en guerre. Il est important que nos efforts soient bien coordonnés.

— Comme toujours, tu parles sagement. Mais finiras-tu par nous faire une suggestion ? Voilà plus d'une heure que tu flânes devant la tente en dévorant l'horizon des yeux.

— Je cherche une manière de faire sortir les armées perses de la ville et de les attirer en terrain ouvert.

— Tu ne nous crois pas capables de prendre la ville ?

— S'il y a cent mille Perses à l'intérieur, non ! dit le général d'un ton catégorique.

Plusieurs des partisans d'un siège élevèrent la voix.

— Djebe est notre grand général et il est bien

pessimiste ! s'écria un des chefs présents. Cela ne risque pas de donner du courage aux hommes !

— La folie, ce n'est pas du courage ! répondit Djebe. Il faut trouver un moyen de faire sortir l'armée de Mohammed Shah en dehors de la cité. Nos chances de victoire sont sur le terrain et non pas dans une guerre de siège. Les Perses ont des catapultes et des balistes en quantité considérable. Nous devons absolument les amener à se mouvoir. C'est sur nos chevaux que nous sommes les meilleurs. C'est sur nos montures que nous avons fait plier les Jin et tous les autres, et c'est encore sur nos montures que nous gagnerons cette guerre ! Nous devons amener l'ennemi à faire notre guerre et ne pas essayer de faire la sienne. Soyons maîtres de notre jeu et cessons de vouloir faire un siège. Je crois que cette assemblée s'égare à vouloir obliger des éleveurs de chevaux à escalader des murailles.

Certains hommes furent mécontents de ce discours, mais plusieurs traditionalistes l'approuvèrent en hochant la tête. C'est alors que, du fond de la yourte, une voix gutturale se fit entendre. C'était Tarèk le chaman. Il était demeuré en retrait, comme toujours, en se dissimulant dans l'ombre, là où la lumière ne pouvait que découper sa longue silhouette filiforme sous son ample cape noire.

— Djebe parle sagement, déclara le chaman.

Tarèk s'avança, mais sans enlever son capuchon. Plusieurs hommes qui participaient au conseil furent pris de frissons. Personne ne pouvait rester indifférent à l'aura malsaine qui émanait du chaman. Le Grand Khān y semblait insensible. Djebe non plus ne paraissait pas troublé par Tarèk.

— Je suis content que vous approuviez mes idées, dit Djebe.

— N'oubliez pas que j'ai approuvé votre nomination comme grand général de cette armée.

Gengis Khān se leva.

— Je suis heureux de voir que mes hommes s'entendent si bien. Mais, dites-moi, messieurs, comment ferez-vous avancer l'armée perse sur la plaine ?

Le chaman se pencha pour murmurer quelque chose à l'oreille du Grand Khān. Celui-ci hocha la tête trois fois, puis il regarda ses hommes.

— Tarèk a raison : la nuit porte conseil. Nous reprendrons cette discussion demain. Nous sommes tous fatigués, nous avons faim et soif. Allez retrouver vos hommes. Parlez avec eux et revenez demain avec l'inspiration qui dictera nos stratégies et qui mènera notre peuple à la victoire.

Tous se levèrent et quittèrent la yourte de l'empereur. Seul Djebe resta avec Gengis Khān. Tous deux sortirent à l'extérieur pour respirer l'air frais.

— Que se passe-t-il, Djebe ? demanda Gengis Khān. Je ne t'ai jamais vu si inquiet.

Le général n'arrivait pas à livrer le fond de sa pensée à son empereur. Il ne voulait pas dire qu'il doutait de l'issue de ce conflit et même de la décision du Grand Khān d'aller faire la guerre à l'immense Empire perse. Il craignait pour l'avenir de la nation mongole, mais, en tant que général, il n'avait pas le droit de douter…

— Je cherche, mon empereur, un moyen de faire sortir l'armée perse sur le terrain. Je n'en trouve pas.

— Tarèk m'a dit qu'il chercherait une solution dans le ciel cette nuit. D'après lui, les dieux seraient disposés à faire pleuvoir sur Samarkand. S'il pleut suffisamment longtemps dans le froid de l'hiver, les soldats de Mohammed Shah perdront courage.

— Ainsi, poursuivit Djebe, ils pourraient plus facilement tomber dans un piège. Si nous envoyions une fausse armée avec une petite partie de nos hommes, et qu'ensuite cette armée se repliait dans une fuite désespérée… les Perses, poussés à bout par le froid et la pluie, seraient tentés de nous poursuivre sur la steppe où les attendrait la majeure partie de nos forces.

— Et ainsi, intervint Tarèk, derrière les deux hommes, il ne nous resterait qu'à refermer le gros de notre armée sur eux et à les massacrer jusqu'au dernier.

— La ville serait à nous et Mohammed Shah vaincu, conclut Gengis Khān.

L'empereur semblait très satisfait de ce plan.

— Kachgar sera un pilier majeur dans cette guerre,

continua Djebe. C'est à partir de cette ville que nous pourrons concentrer l'essentiel de nos soldats pour qu'ils puissent mettre les Perses en déroute sur la steppe.

— Il faut envoyer des espions qui auront la capacité de se faufiler en territoire perse, et ce, jusqu'à la ville, dit Gengis Khān. Ils pourraient faire une offre au préfet. Soit il accepte de se joindre à nous, soit on détruit Kachgar.

— Souhaitons qu'il accepte, ajouta le général. Détruire les infrastructures de la cité nous retarderait dans la mise en application de cette stratégie.

— Mais à qui donc allons-nous confier cette mission ? demanda l'empereur.

— Je pense que j'ai l'équipe qu'il nous faut.

— Tant mieux, fit Tarèk, intrigué.

— Encore faudra-t-il qu'il pleuve, soupira Djebe.

Le chaman regarda le général d'un air mauvais.

— Djebe douterait-il de ma parole ? Si les dieux sont disposés à faire pleuvoir, il pleuvra ! Occupez-vous de vos hommes !

— Ne vous en faites pas, chaman, j'accomplirai mon travail, et comme toujours l'armée sera prête. D'ailleurs, je ne vois pas comment je pourrais douter de votre capacité à déprimer l'armée perse au grand complet.

Le chaman grogna et Gengis Khān leva la main pour les faire taire. Un homme s'avança alors vers eux. C'était le sergent Ogankù. Il s'inclina très bas, puis annonça à Djebe :

— Darhan est ici pour vous voir.

— Voilà notre équipe, lança Djebe à Tarèk et à Gengis Khān.

Le général se dirigea vers une petite charrette, éclairée seulement par le flambeau d'un garde Keshig qui se tenait tout près. Darhan était assis à l'avant de la charrette en compagnie de Hisham qui tenait les brides de deux chevaux. À l'arrière, emmitouflés dans des couvertures, se tenaient Koti, Kian'jan et Subaï, dont on ne voyait que les yeux.

Darhan sauta par terre et alla au-devant du général.

— Maître Djebe, dit-il, mon équipe est prête pour la mission de reconnaissance.

— Tu ne pouvais pas tomber plus à point.

Gengis Khān se tenait légèrement en retrait de son général. Il regardait, intrigué, ce garçon que Djebe se proposait d'envoyer en territoire ennemi en mission de reconnaissance. Darhan était évidemment mal à l'aise, impressionné par la forte présence de cet homme dont les histoires avaient marqué son enfance. Il était celui qui avait forgé un nouveau destin pour la nation mongole en rassemblant les tribus pour en faire un peuple de conquérants. Le jeune guerrier s'inclina bien bas devant l'empereur perplexe.

— Tu es jeune.

— Je n'en suis pas à ma première mission.

— Et toi, un jeune Tangut, ceux-là mêmes qui m'ont trahi !

— Je suis soldat de l'Empire mongol, affirma Kian'jan.

— Et toi, tu es perse ? demanda-t-il à Hisham.

— Oui, ô mon empereur, répondit celui-ci en s'inclinant à son tour, je suis un Perse au service de votre armée depuis plus de quinze ans ! Je vais servir de couverture lorsque nous serons en territoire ennemi.

— Tu t'en vas combattre les tiens ?

— Je suis mercenaire, je n'ai pas de patrie.

— Tu as toujours du sang dans les veines, que je sache ?

— Euh… oui, fit Hisham, troublé.

— C'est un soldat fidèle, intervint Djebe. Vous pouvez lui faire confiance.

Gengis Khān hocha la tête sans rien ajouter. Il jeta un regard dans la charrette. Ses yeux s'arrêtèrent un instant sur Koti, la femme de son ancien compagnon de combat décédé quelques jours auparavant. La vieille sorcière avait camouflé son âme, et ses yeux brillaient d'une lumière différente, si bien que le vieil empereur ne la reconnut pas.

— Tu iras à Kachgar, dit Djebe à Darhan, c'est la première ville que nous rencontre-rons lorsque nous serons en territoire perse. Tu devras entrer en contact avec le préfet de la ville. Certains de nos espions nous ont rapporté qu'il n'accepte pas que Mohammed Shah ait replié la totalité de son armée sur Samarkand et qu'on ait donné Kachgar en pâture à notre armée. Avec ton interprète, ajouta-t-il en désignant Hisham, essaie de te glisser incognito jusqu'à lui. Il pourrait être tenté de se joindre à nous. Prends garde à ne te démasquer que devant le préfet. Il doit être entouré d'espions qui iraient vite témoigner de sa traîtrise à Samarkand et toute ta mission aurait été inutile.

— Vous allez attaquer Kachgar ?

— Nous espérons que non. Si Kachgar se joint à nous, elle nous servira de point de chute en cas de retraite et de point de ravitaillement en cas de siège. Elle servira surtout pour la mise en place de notre stratégie à venir. Nous voulons aller à Samarkand le plus vite possible. Une fois la cité tombée, toutes les autres villes tomberont facilement, comme un château de cartes...

— Il faudrait envoyer votre fils Dötchi, lança Tarèk en sifflant comme un serpent dans l'oreille du Grand Khān. Son prestige suffira à convaincre le préfet de se joindre à nous.

En entendant le nom de Dötchi, le sang de Darhan ne fit qu'un tour. Djebe, lui, se contenta de grincer des dents.

— D'accord, jeune homme, déclara le khān, va à Kachgar incognito et vérifie si le préfet est disposé à nous rencontrer. Dötchi nous servira d'émissaire officiel en gage de notre bonne foi.

Gengis Khān avait parlé et personne ne pouvait le contredire. Depuis qu'il avait refusé la succession de l'Empire à Dötchi pour l'offrir à Ögödei, l'empereur cherchait désespérément un moyen de consoler son fils aîné en lui donnant des fonctions de prestige ; si bien qu'il accepta sans trop réfléchir la proposition de Tarèk.

Darhan, lui, regardait Djebe d'un air désemparé. Le général acquiesça de la tête.

— Réussis cette mission et ton honneur sera grand, affirma-t-il. Va voir le préfet et annonce-lui que le fils de l'empereur est disposé à le rencontrer et que sa ville pourrait être épargnée.

— Bien, répondit Darhan, décontenancé à l'idée de devoir servir de couverture pour Dötchi.

Il remonta s'asseoir sur la charrette près de Hisham. Alors qu'il allait donner à ce dernier l'ordre de partir, il fut pris d'un intense étourdissement qui lui fit monter le cœur au bord des lèvres.

Koti, au fond de la charrette, se camoufla complètement, enveloppant sa tête avec une couverture. La vieille dame sentait qu'une magie était à l'œuvre. Elle redoutait que Tarèk ne découvre sa présence. Si le chaman la voyait, elle pourrait faire une croix sur le voyage à Samarkand. Elle serra la main de Subaï en s'efforçant de maintenir son esprit à l'écart de l'aura du sorcier qu'elle sentait grandir tout autour de la charrette, comme un nuage noir venu d'un autre monde.

Tarèk était un puissant sorcier et il aurait sûrement reconnu la vieille femme s'il avait cessé de concentrer toute son attention sur Darhan. Car depuis un long moment, le sorcier regardait le jeune garçon d'une manière si intense que tous en furent mal à l'aise.

Darhan avait la tête comme dans un étau. Jamais, de toute sa vie, il n'avait éprouvé une telle nausée. Il sentait que quelqu'un cherchait à ouvrir les portes de son esprit. Il avait l'impression qu'une partie de lui-même était mise à nu et qu'on fouillait dans ses souvenirs comme un voleur fouille avec acharnement une pièce pour trouver une chose qu'il désire plus que tout.

Il se retourna désespérément vers Hisham, les yeux pleins de panique, incapable de parler.

— Commandant, dit le Perse, qu'est-ce qui t'arrive ? Tu es tout pâle.

Djebe connaissait bien Tarèk. Il vit rapidement que celui-ci essayait un maléfice sur Darhan. Il s'avança et il lui mit la main sur l'épaule pour le déconcentrer et briser le charme.

— Comme ça, chaman, il pleuvra cet hiver sur la steppe ? Voilà qui nous aidera dans notre guerre !

— Quoi !? Qu'est-ce qu'il y a !? cria Tarèk en regardant le général de ses yeux noirs.

Le chaman réagit avec violence, comme quelqu'un que l'on surprend en flagrant délit, si bien qu'il relâcha sa vigilance et que, pour la première fois, sans qu'il le veuille, une part de son âme véritable fut exposée au regard de tous.

Djebe recula de quelques pas. L'aura malsaine de Tarèk le toucha violemment et il dut ravaler sa salive plusieurs fois pour ne pas vomir. Il sentit à ce moment-là que le chaman était peut-être beaucoup plus puissant qu'il ne l'avait imaginé et que quelque chose de terrible était à l'œuvre. Tarèk se reprit et s'adoucit immédiatement. Mais le mal semblait fait. Gengis Khān avait entrevu la nature profonde du chaman.

Djebe profita de la diversion pour frapper la croupe des chevaux.

— Ya ! hurla-t-il.

Les bêtes se mirent immédiatement au galop. Hisham conduisit la charrette endiablée d'une main habile entre les yourtes du campement avant de lui faire prendre la direction des monts Tian Shan. Ils allaient parcourir les montagnes enneigées pendant plusieurs jours avant d'atteindre Kachgar par la route du nord.

Tarèk regardait la charrette s'éloigner en mordant sa langue noire.

— Quelque chose ne va pas, chaman ? demanda Gengis Khān. Nous te reconnaissons à peine.

— Non, maître, tout va bien.

*
* *

La charrette roulait à fond de train sur le chemin cahoteux. Darhan fut projeté parmi les couvertures à l'arrière, entre Subaï et Koti. La vieille dame prit le jeune guerrier dans ses bras et épongea son visage en sueur avec un chiffon blanc.

— J'ai mal au cœur, dit Darhan en ouvrant les yeux.

— Ça va passer, assura-t-elle. C'est la magie qui fait ça. Qu'as-tu senti ? Dis-le-moi.

— Il y avait une ombre qui me parlait de très loin.

— Qu'est-ce qu'elle disait ?

— Des mots que je ne comprenais pas... C'était comme si elle me connaissait depuis toujours ; comme si elle voulait savoir ce que je faisais là... Comme si je devais être déjà mort.

Pendant ce temps, Tarèk retourna dans sa yourte. Il souhaitait consulter les esprits pour qu'ils répondent à ses questions. Un obstacle qu'il n'avait pas prévu se dressait devant lui et menaçait ses plans.

CHAPITRE 7
KACHGAR

Le jour s'apprêtait à se lever sur le camp des guerriers mongols. La grande armée avait encore une journée de marche devant elle avant de traverser le désert de Takla-makan, avant la dernière pause au pied des monts de l'Hindù Kush. Ensuite ce serait la percée en territoire ennemi et la guerre.

En retrait du campement, il y avait une yourte brune d'où s'élevait une fumée jaunâtre et où personne n'osait mettre les pieds. C'était la yourte de Tarèk le chaman.

À l'intérieur brûlait un feu sombre d'où émanait l'étrange fumée jaune. Tarèk n'avait pas dormi de la nuit. Dans un coin se tenait le petit singe Goubà qui semblait effrayé et nerveux. Le chaman ne cessait de tourner en rond, comme s'il cherchait à résoudre un impossible mystère qui harcelait son esprit. Il murmurait sans arrêt :

— Le fils de Sargö… Il est le fils de Sargö que j'ai

vendu à Zao Jong, le Chinois. Qu'est-ce qu'il fait ici ? Pourquoi se trouve-t-il sur ma route alors que je suis sur le point de m'emparer de la jeune fille sans visage qui me permettra de contrôler l'esprit des khāns ? Que fait ici le fils de Sargö, par Qormusta ?! Je dois le savoir ! Les esprits m'ont juré que rien n'allait entraver mes projets. Ils m'ont juré nuit après nuit que tout se déroulerait bien pour moi, qu'il était dans leurs desseins de me voir devenir le plus puissant. L'un d'eux me trompe. Il existe un esprit qui se joue de moi. Il faut que je sois vigilant. Il faut que je sache lequel. Il faut que je trouve son essence pour…

— L'essence de quoi ? demanda une voix.

C'était Dötchi, qui venait de faire son entrée dans la yourte.

— L'essence de cet esprit qui se joue de moi ! tonna Tarèk, hors de lui. Il est de bois, de feu, d'air… Il est de quoi ?! Quel animal, quelle rivière, quelle fumée se joue de moi ? Le monde est immense ! ajouta-t-il en enlevant son capuchon et en montrant son visage hideux à Dötchi qui ne put réprimer une grimace.

Le chaman s'avança vers le fils de l'empereur d'un air menaçant.

— Vous vous souvenez de votre promesse ?

— Oui… Mais enfin… tout ne s'est pas passé comme prévu.

— Ne discutez pas ! dit Tarèk. L'heure est venue, Dötchi, fils de Gengis Khān, d'être à mon service. Et sachez que si vous brisez ce lien qui nous unit, vous pourriez en mourir, vous m'entendez ?

Dötchi devint blême et regarda derrière lui comme s'il avait voulu sortir.

— Oui, chaman, répondit-il, je vous entends. Mais n'exagérez-vous pas un peu ? Car... Je veux dire... La mort...

— Je n'exagère rien ! Et maintenant, dites-moi ce que vous savez sur ce garçon... car je sais que vous le connaissez, je l'ai vu lorsque j'ai sondé son esprit. Votre route a déjà croisé la sienne !

— Qui, quoi ? demanda Dötchi nerveu-sement.

— Qui est ce Darhan ?

— Darhan ! fit le prince en s'esclaffant. C'est ce petit paysan qui m'a ridiculisé. C'est lui qui est responsable de la mort de Günshar. Je veux sa peau !

— Bien. Très bien, approuva Tarèk. Nous allons nous entendre dans cette affaire.

Le chaman remit son capuchon sur sa tête immonde et s'approcha du petit brasier. Il joignit ses mains qu'il fit tourner au-dessus de la fumée jaune.

— C'est un paysan, chuchota-t-il pour lui-même. Ainsi, Sargö a réussi à me cacher qu'il avait une descendance, moi qui l'ai toujours cru ascète. Il s'est marié secrètement dans l'intimité de la steppe, loin de tous les regards... Dites-moi, ce Darhan, a-t-il de la famille ?

— Oui. J'ai demandé au capitaine Souggïs de faire une enquête. Il m'a confirmé qu'il a une mère et deux sœurs qui sont dans une tribu près du désert de Gobi, à l'autre bout de la steppe. Elles élèvent des moutons avec un certain Ürgo, je crois…

— Il a, en effet, une famille qu'il aime, déclara Tarèk en hochant la tête. Je l'ai vu dans son cœur. Et, dites-moi, ce Günshar, qui était-il ?

— C'était une crapule. Un mercenaire qui travaillait pour moi.

— Il détestait Darhan ?

— Oui. Günshar voulait la mort de Darhan parce qu'il l'avait humilié au jeu de Tugiin.

— Je vois… Et comment a-t-il perdu la vie, ce Günshar ?

— Il a été précipité du haut de la grande falaise, sur la montagne d'Obakou.

— Ah ! oui, les hommes-cerfs !… Je connais. Très bien, dit Tarèk. Nous avons toutes les informations qu'il nous faut. Envoyez une missive à ce capitaine de prison.

— Souggïs ?

— C'est ça. Dites-lui que, dans une semaine, il recevra la visite de Günshar et qu'il devra le conduire à la famille de Darhan.

— Mais, chaman… je viens de vous dire que Günshar était mort.

— Plus maintenant, affirma Tarèk qui n'avait pas cessé de frotter ses mains dans la fumée jaune tout au long de cette discussion.

Il plongea ses mains nues dans la braise qu'il agita doucement en faisant rouler les charbons ardents entre ses doigts. Une fumée épaisse s'en dégagea, semblant prendre forme humaine. La voix de Tarèk se fit puissante et surnaturelle :

— Du fin fond des Montagnes noires, au pied de la grande falaise, le corps de Günshar a entrepris son processus de réincarnation en se nourrissant de la terre. Dans quelques jours, il pourra se lever et marcher jusqu'à Karakorum.

— C'est de la folie, murmura Dötchi.

Dans la fumée, le prince crut reconnaître le visage de Günshar.

— Mon maître m'appelle ? demanda une voix d'outre-tombe.

— Trouve la famille de Darhan, ordonna Tarèk. Élimine-les tous ! Je veux que tu brûles leurs corps et que tu me ramènes leurs cœurs dans du gros sel.

— Il en sera ainsi, ô Tarèk !

Le visage de Günshar s'évanouit dans la fumée qui devint plus légère. Il ne restait plus que le visage hideux de Tarèk, éclairé par les braises.

— Dans... dans du gros sel ? balbutia Dötchi.

— Oui, répondit le chaman. C'est pour la conservation. Mais, en attendant, écoutez-moi bien. Car il faudra éliminer ce Darhan avant d'arriver à Samarkand, vous comprenez ? Et c'est ici, mon prince, que vous entrez en jeu.

*
* *

Cela faisait près d'une semaine que Darhan et son équipe avaient quitté l'armée. Ils se dirigeaient vers le nord-ouest en s'enfonçant chaque jour un peu plus en territoire ennemi. Ils avançaient à travers les monts Tian Shan enneigés, essayant de trouver le plus sûr chemin vers Kachgar. Ils avaient dû revenir à plusieurs reprises sur leurs pas pour éviter les patrouilles perses dans différentes vallées. Il leur était facile de se dissimuler quand se pointaient les patrouilles. Les Perses aimaient se déplacer nombreux et lourdement armés. Les éclaireurs mongols, plus mobiles, pouvaient facilement se fondre dans la nature. Mais, cette fois-ci, Darhan et ses compagnons étaient bloqués et ne cessaient de tourner en rond sans trouver d'issue.

Ils finirent par repérer un passage beaucoup plus au nord. Un passage qui leur ferait prendre un retard d'au moins deux jours sur leur itinéraire. Darhan et Kian'jan, debout à côté de leurs montures, tout en haut d'une falaise, regardaient deux vallées s'entrecoupant au loin, traversées chacune par un cours d'eau.

— Cette route nous éloigne de Kachgar, dit le Tangut.

— Je crois que c'est le chemin le plus sûr pour éviter l'affrontement et arriver jusqu'à la ville incognito, répondit Darhan.

— Ça fait deux jours que nous cherchons à éviter cette patrouille. Si nous leur tendions un piège, nous en viendrions à bout rapidement.

— Sans aucun doute, mais si jamais nous ne les éliminons pas tous, nous serons découverts et notre mission échouera. Tant que nous pourrons éviter la bagarre, je considérerai cela comme la meilleure option.

Hisham, qui écoutait la conversation, s'approcha des deux garçons.

— Qu'en penses-tu, Hisham ? demanda Kian'jan.

— Je pense qu'il faut éviter l'affrontement.

Kian'jan fut étonné par cette réponse. D'ordinaire, Hisham était du genre à braver ses ennemis, pas à s'en cacher pendant plusieurs jours.

Le gros Perse s'éloigna sans ajouter un mot. Il alla s'asseoir sur la charrette, prêt à partir. À l'arrière, Subaï dormait pendant que Koti mâchait quelques racines, le regard perdu à l'horizon.

— Hisham n'est plus le même depuis quelques jours, soupira le Tangut.

— Depuis que nous sommes chez les siens, précisa Darhan.

— En effet.

— Alors, il vaut mieux, en effet, éviter tout affrontement, poursuivit le jeune guerrier. Sans lui, nous n'arriverons à rien, n'est-ce pas ?

Les deux garçons étant tombés d'accord, toute l'équipe se mit en route pour contourner les montagnes. Vers la fin de la journée, ils trouvèrent une plaine déserte où coulait une grande rivière qui remontait vers le nord. C'était un cours d'eau qui rejoignait le lac Issyk-Köl.

Ils s'installèrent sur la rive. Il faisait froid, mais il avait très peu neigé dans cette région. Ils en profitèrent pour boire, remplir les gourdes et faire griller un peu de viande sur un feu de bois qui fut le bienvenu. Cette semaine dans les montagnes avait été pénible pour le moral de tous.

Une fois rassasié, Darhan monta sur Gekko pour aller faire un tour de reconnaissance avant qu'il ne fasse nuit. Le cheval galopa une demi-heure vers le sud. Le jeune guerrier aperçut alors une route qui disparaissait sur la plaine avoisinante et semblait mener vers le sud ; probablement vers Kachgar. Il voulut descendre pour aller voir la route de plus près, mais une petite voix l'interpella au moment où il allait lancer Gekko au galop :

— Halte-là ! Si j'étais toi, je ne descendrais pas !

Darhan se retourna pour apercevoir tout en haut, sur un escarpement, Djin-ko, le petit génie. Plus haut, sur un énorme rocher en surplomb, était perché l'aigle sur lequel il voyageait. Djin-ko portait son immense casque de fourrure, presque aussi grand que lui. Sa longue moustache paraissait encore plus blanche dans le froid de l'hiver. Ses petits yeux plissés lui donnaient l'air de rigoler. Il grignotait un morceau de pain plat, très prisé par les Perses. Il en lança un morceau à Darhan.

— Qu'est-ce que c'est que ça ? demanda le jeune guerrier.

— Un pan ou un pita. Je ne sais pas trop comment ils appellent ça dans cette région du monde. C'est très bon en tout cas, tu devrais goûter.

Darhan mangea le morceau de pain.

— Où as-tu pris ça ?

— Je l'ai volé à la patrouille qui est installée de l'autre côté de la colline, juste avant la route… et sur laquelle, d'ailleurs, tu allais t'écraser si tu étais allé dans cette direction. Une chance que je sois là pour te surveiller, petit homme. Tu aurais mis en danger toute ton équipe.

— Je me serais fait prendre ?

Djin-ko eut un drôle de sourire et il secoua la tête de gauche à droite.

— Prendre ? Non. Toi, tu ne te serais pas fait prendre. Toi, tu te serais enfui sur ta monture et tu aurais poursuivi ton chemin. Les gens de ton espèce ne se font pas prendre…

— Mon espèce ?

— … mais, par contre, tes amis auraient pu souffrir de ta bêtise. Prends garde ! Tu te fais trop remarquer. Tu es agile et puissant. Djebe t'a remarqué le premier, et ensuite le prince. Et maintenant, c'est Gengis Khān et Tarèk qui sont intrigués. Tu attires trop l'attention. Il te faut faire preuve de plus d'humilité si tu veux mener à bien la mission que t'a confiée Maï-li, la fée du lac. Le chaman t'a reconnu et il se doute de quelque chose…

Djin-ko détacha un autre bout de pain et le lança à Darhan.

— Le chaman est puissant, dit le jeune guerrier en l'avalant.

— Très puissant, ajouta Djin-ko.

— D'après Koti, il fait la guerre pour s'emparer de la jeune fille voilée et soumettre Gengis Khān, comme le fait Zohar le magicien avec les shahs perses.

— En effet, Tarèk cherche un moyen de contrôler l'Empire, comme l'en ont convaincu certains mauvais esprits. Mais ce chaman n'est plus lui-même depuis longtemps. Son âme ne lui appartient plus. Un jour où il dialoguait avec des esprits noirs, il a été saisi par Kökötchü.

— Kökötchü ?

— C'est un chaman qui a été condamné à mort par Gengis Khān pour avoir tenté d'usurper le pouvoir, il y a de cela plusieurs années, au tout début de l'alliance entre les tribus. Son esprit errait, depuis ce temps, dans des mondes parallèles, en quête de vengeance. Tarèk, jeune chaman, était une proie idéale. Un sorcier inexpérimenté met son âme en danger lorsqu'il voyage dans l'autre monde. Et si un esprit en prend possession, il ne s'appartient plus.

Djin-ko sauta sur son aigle qui s'envola aussitôt.

— Mais, attends ! lança Darhan. J'ai encore des questions à te poser !

— Vous pouvez dormir tranquilles, tes compagnons et toi, répondit Djin-ko en s'éloignant. La patrouille sera partie vers l'est avant ce soir. Vous pourrez ensuite cheminer vers Kachgar en vous faisant passer pour des marchands.

— Des quoi ?

— Marchands de bétail, cria Djin-ko avant que l'aigle ne disparaisse dans l'azur.

Darhan resta planté là un long moment à regarder le point précis du ciel où s'était volatilisé Djin-ko.

« Koti m'assure que les esprits se moquent de moi, se dit-il. Et pourtant, je dois libérer cette jeune fille. »

Un bruit lointain l'arracha à ses réflexions. Ne voulant pas se faire surprendre par la patrouille perse, il redescendit la montagne et galopa jusqu'au campement.

La nuit venait à peine de tomber. Darhan s'assit devant le feu et rapporta à ses compagnons qu'il y avait une patrouille dans la montagne.

— Par où passerons-nous ? demanda Hisham.

— Nous suivrons la route vers Kachgar demain matin.

— Et la patrouille ? insista le Perse
— Elle sera partie vers l'est.
— Comment tu sais ça ?
— Je le sais, c'est tout.
Darhan entra dans la yourte et se coucha. Subaï, le petit voleur, dormait à poings fermés.

*
* *

Au matin, Darhan fut réveillé par des mugissements et un bruit sourd qui faisait trembler la terre. Ce n'était pas sans lui rappeler un certain matin dans la yourte familiale. Il ouvrit les yeux, croyant que Hisham avait un problème, mais il constata que le gros Perse dormait comme un loir. Kian'jan s'éveilla, et Koti aussi. Subaï n'était pas sur sa couche ni dans la yourte.

— Qu'est-ce qui se passe ? demanda Darhan.
— Je n'en ai aucune idée, répondit Kian'jan.
— La terre tremble, dit Koti.
La voix de Subaï se fit entendre à l'extérieur :
— Venez voir ! Venez voir, vite !
Ils sortirent tous les trois pour apercevoir, dans la lumière du matin, un immense troupeau de yacks qui descendaient la montagne et qui se dirigeaient vers eux…

— Qu'est-ce que c'est que ça ? s'écria Darhan. Ils foncent droit sur nous ! Sauvez-vous !

Darhan sauta sur Gekko qui était venu le rejoindre. Koti et Kian'jan s'enfuirent sur un des chevaux de trait. Ils traversèrent la petite rivière pendant que Darhan rattrapait Subaï qui courait à toutes jambes. Il le saisit par le collet et le fit monter derrière lui. Aussitôt Subaï installé sur sa croupe, Gekko partit au galop pour s'éloigner du danger.

— La yourte..., fit Darhan. Ils foncent droit sur la yourte. Ils vont la piétiner !

— Où est Hisham ? lança Subaï. Je ne le vois pas.

— Il est resté à l'intérieur !

Kian'jan, de l'autre côté de la rivière, s'agitait sur son cheval en faisant de grands signes avec les mains. Il avait compris, lui aussi, que son ami était demeuré dans la tente. Il aurait voulu s'y précipiter, mais l'immense troupeau de yacks coupait la route, l'empêchant de revenir par la rivière. Darhan aurait voulu foncer également, mais les yacks arrivaient à grands pas.

— Hisham ! hurlait Subaï de toutes ses forces.

Le pas lourd du troupeau couvrait tout dans la plaine, si bien qu'on n'entendait rien d'autre qu'un roulement épouvantable sur la terre piétinée.

La yourte disparut dans un immense nuage de poussière. Le troupeau se rua furieusement jusqu'au bord de la rivière. Puis il ralentit sa course, et bientôt s'arrêta complètement pour s'abreuver. Le calme revint, si ce n'était du mugissement des bêtes.

— Hisham ! dit Subaï. On ne le voit plus.

Darhan fit avancer Gekko qui se fraya un chemin à travers la multitude de yacks. Dans la poussière qui retombait, les deux garçons finirent par distinguer la yourte, constatant avec soulagement qu'elle n'avait pas été piétinée. Après s'être approchés, non sans pousser à grands coups de pied les gros ruminants qui leur bloquaient le passage, ils virent Hisham qui, torse nu dans le matin froid, s'étirait en bâillant.

— Alors, mon commandant ? cria le Perse. Mais qu'est-ce qu'il se passe ? Il y a des vaches partout !

« Ainsi, songea Darhan, nous serons marchands de bétail... »

— Ces vaches sont un cadeau de Dieu, déclara Hisham. Nous qui n'avions rien à vendre pour aller à Kachgar...

— En effet, répondit le jeune guerrier. Un cadeau des dieux...

*

* *

Ils avançaient sur la route en direction du sud, vers la ville de Kachgar. La température semblait s'adoucir au fur et à mesure que la journée passait.

Darhan, aidé de Kian'jan et de Hisham, menait le troupeau de yacks qui s'était miraculeusement présenté à eux, ce matin-là. Subaï et Koti allaient devant, dans la charrette. La vieille dame semblait s'amuser beaucoup en compagnie du jeune Subaï.

— Faites de la magie, disait Subaï. Je veux en voir.

— On ne fait pas de la magie, répondait la vieille dame en riant. C'est la vie qui fait la magie. Les chamans ne sont que des canaux par lesquels celle-ci circule pour se manifester.

— Vous êtes comme Darhan. Je ne comprends rien quand vous parlez.

— Ah bon ? Darhan fait de la magie ?

— Pas vraiment. Mais on dirait que tout ce qu'il fait est…

— Comme de la magie ? poursuivit-elle.

Subaï acquiesça. Koti observa Darhan, au loin, qui faisait galoper Gekko.

— Ce garçon est bien spécial, murmura-t-elle.

Darhan et Kian'jan chevauchaient l'un à côté de l'autre. Ils étaient couverts de poussière et rigolaient après avoir rattrapé quelques yacks entêtés qui ne voulaient pas suivre le troupeau. Plus loin, Hisham galopait furieusement en braillant comme un fou après les ruminants et en faisant tourner un bâton au-dessus de sa tête.

— Regarde comme il s'amuse, dit Darhan. On dirait un enfant.

— Hisham a grandi dans ce pays, expliqua Kian'jan. Sa famille élevait des yacks, de l'autre côté des montagnes du Pamir, dans la plaine qui mène à Samarkand. Voilà plus de quinze ans, il a été enlevé par des guerriers mongols et ramené à Karakorum comme esclave. Il n'a été libéré que pour servir dans l'armée.

— Je pense qu'après cette aventure Hisham ne reviendra pas avec nous.

Kian'jan lança un regard sombre à Darhan tandis que celui-ci mettait Gekko au galop. Le jeune guerrier alla rejoindre Subaï et Koti à la charrette.

— Demain matin, dit-il, nous arriverons à Kachgar.

— Nous ne passerons pas inaperçus, fit remarquer Subaï. Il doit y avoir plus de deux mille yacks.

— C'est vrai.

— Et comment vas-tu t'y prendre, jeune homme, pour nous mener jusqu'au préfet de Kachgar ? demanda Koti. Car c'est bien là la mission que Djebe t'a confiée, n'est-ce pas ?

— Hisham sera notre chef. Il demandera une audience au préfet. Il se fera passer pour un riche éleveur revenant du lac Issyk-Köl et lui dira qu'il veut mettre son troupeau au service de la ville en vue de la guerre à venir. Nous l'accompagnerons tous les deux, Kian'jan et moi. Une fois en contact avec le préfet, nous lui ferons part de l'offre de Gengis Khān. Ensuite, nous poursuivrons notre route jusqu'à Samarkand.

— C'est ton plan ? lança Koti.

— Oui.

— Je pense que tu fais une erreur, jeune homme.

— C'est une solution valable, déclara Darhan d'un ton sec.

— Je ne critique pas ton plan. Seulement, je pense que nous ne devrions pas aller à Kachgar.

— Pourquoi ? C'est la mission que m'a confiée maître Djebe.

— Avec ce troupeau, nous pourrions entrer facilement à Samarkand. Ses habitants doivent se préparer pour un siège et ils seraient heureux de recevoir du bétail. Une fois dans la ville, nous pourrions trouver le vizir et lui ravir la jeune fille voilée pour la ramener à sa mère. Nous devrions profiter de l'avance que nous avons sur Tarèk.

Darhan regarda Koti. Les paroles de la vieille dame lui semblaient pleines de sagesse. S'il allait à Samarkand, c'était avant tout pour ramener la jeune fille à sa mère et nuire au chaman. Mais le sens du devoir le rappelait sans cesse à l'ordre.

— J'ai une mission. Je dois la terminer.

— Ta mission, c'est d'aller à Samarkand.

— C'est aussi d'aller à Kachgar afin de préparer le terrain pour...

— Tu te crois si important ? l'interrompit Koti. Tu te trompes. L'issue est tracée d'avance. Crois-moi, les dirigeants aiment faire croire aux hommes qu'ils sont les maillons d'une chaîne universelle. Mais ce n'est que pour servir leurs intérêts ! N'oublie pas que tu ne sers pas seulement Djebe, mais aussi Dötchi. Celui-là même qui m'a enlevé mon mari et qui cherche à se débarrasser de toi !

— Nous devrons être patients, affirma Darhan. Seule la patience nous mènera à notre but.

— La patience, petit homme ? Tu parles comme un vieux sage. Mais les esprits aiment bien se moquer des hommes qui croient tout contrôler dans le monde. Tu parles de patience et de temps ? N'oublie jamais que les esprits ont l'éternité pour arriver à leur fin. Pas toi.

Darhan regardait devant lui en tenant la bride de Gekko. Sur le sol, il voyait l'ombre du cheval qui s'agitait à chaque pas sur la croûte de terre.

— Je suis désolé, dit-il. Je ne peux pas trahir la confiance de maître Djebe. Nous irons à Kachgar.

— C'est toi qui commandes, répondit Koti.

*
* *

Le lendemain matin, ils virent au loin les murailles de pierres rouges de Kachgar. La cité avait connu de nombreuses guerres au cours des siècles précédents. Elle avait été maintes fois ravagée en raison de sa position stratégique entre les montagnes, sur la route de la soie. Les gens de la cité étaient sobres et soumis. Ils avaient dû changer d'allégeance à plusieurs reprises. C'est pourquoi Djebe croyait qu'ils se soumettraient aisément à Gengis Khān. Et le préfet aurait la vie sauve. Les populations étaient rarement massacrées par les guerriers mongols. Mais les dirigeants récalcitrants étaient éliminés violemment pour marquer les esprits afin que le peuple renonce à toute idée de rébellion.

Darhan fit arrêter le convoi à moins d'un kilomètre de la ville. Il se dirigea vers les portes principales en compagnie de Kian'jan et de Hisham pendant que Koti et Subaï restaient avec le troupeau de yacks.

Assis dans la charrette, Hisham menait les chevaux. Darhan et Kian'jan étaient à l'arrière. D'origines ethniques différentes, ils avaient tous les deux le visage voilé à la manière des nomades qui faisaient les grandes traversées du désert, et ce, afin de ne pas être reconnus. Hisham, avec sa grande barbe et son immense sourire, avait tout à fait l'air d'un éleveur prospère de la région.

Ils furent accueillis aux portes de la ville par une dizaine de gardes.

— La ville est fermée ! cria l'un d'eux. Rentrez chez vous ! Gengis Khān approche avec son armée. Il va tout mettre à feu et à sang. S'il vous voit avec du bétail, il va vous le confisquer pour nourrir ses soldats.

— Merci de ton conseil, soldat, dit Hisham. Mais je

ne compte pas rester longtemps. J'aimerais rencontrer le préfet.

— Pourquoi le préfet rencontrerait-il un marchand ? Il a déjà assez à faire avec la guerre.

— J'ai un troupeau qui pourrait lui être utile.

Le garde, qui avait vu l'impressionnant troupeau de yacks au loin, hocha la tête d'un air approbateur. Un émissaire partit aussitôt à cheval vers le palais afin de demander une audience pour le marchand Hisham.

Ils attendirent près d'une heure à l'entrée de la ville. Cette demande était hasardeuse, mais les yacks pouvaient intéresser le préfet.

Darhan constata que, dans la ville, les activités étaient réduites au strict minimum. Il vit plusieurs chameaux et autres bêtes de somme qui s'en allaient, chargés des malles des familles quittant la ville à la hâte pour éviter la colère de Gengis Khān. La plupart des fuyards étaient des riches qui craignaient pour leurs biens. Les plus pauvres ne pouvaient pas s'enfuir, faute de moyens. Ainsi devaient-ils toujours attendre dans l'angoisse l'issue des guerres...

Hisham discutait avec les gardes.

— La ville est à moitié déserte, expliquait l'un d'eux. Tous les hommes de valeur ont quitté Kachgar pour Samarkand. Il ne reste plus que quelques troupes faiblement armées.

— Vous croyez que la ville va se rendre ? demanda Hisham.

— Évidemment qu'elle va se rendre. Les Mongols vont être accueillis en rois et maîtres.

L'émissaire à cheval revint au bout d'une heure. Le préfet acceptait de rencontrer l'éleveur de yacks. Hisham fit avancer sa charrette, escorté par deux gardes. La ville était déserte, à l'exception de quelques marchands offrant des denrées de première nécessité. Sur la plupart des bâtiments, les volets étaient fermés.

— C'est une ville fantôme, fit remarquer Darhan.

— Même les esprits l'ont abandonnée, ajouta Kian'jan. Cette cité a beaucoup souffert au cours des années. Les hommes sont des êtres étonnants : ils peuvent survivre dans les endroits les plus austères.

— Et pourtant la ville est belle.

— Très belle.

Ils arrivèrent près d'un palais de pierres finement taillées, mais sobre. On voyait que cette construction n'était pas vieille, le mortier n'ayant que quelques années. Par contre, les vieilles pierres qui formaient la base de l'édifice portaient encore les cicatrices des multiples invasions qui avaient forgé son histoire.

Ils furent tous conduits dans une pièce sombre au plafond voûté, supporté par de grosses colonnes de pierre. Quelques torches éclairaient difficilement, comme à bout de souffle, si bien qu'on voyait mal les murs qui s'enfonçaient sous les voûtes.

Il y avait une immense table de bois massif. Près d'elle se tenait le préfet de Kachgar. Habillé d'une robe bleu foncé aux manches très longues qui lui cachaient les mains, l'homme portait sur la tête un turban noir.

— Sois le bienvenu, éleveur de yacks, dit le préfet d'une voix feutrée. Mes hommes m'ont dit que tu as un troupeau superbe. Je me demande bien quelle folie t'a mené jusqu'ici. Tu aurais dû rester dans tes terres du Nord.

— Ce troupeau pourrait aider la cité à se défendre, répondit Hisham.

— Ton geste est apprécié, mais il n'y aura pas de défense ici. Nous nous soumettrons. Mohammed Shah nous a abandonnés. Je ne risquerai aucun acte de bravoure inutile avec une poignée d'hommes. Lorsque Gengis Khān se présentera aux portes de Kachgar, nous hisserons le drapeau mongol en signe de soumission.

Sur ces mots, le préfet sortit un drapeau orné d'un faucon blanc, celui des Qiyat, la tribu de Gengis Khān...

Darhan et Kian'jan reculèrent de quelques pas. Comment le préfet de Kachgar pouvait-il avoir ce drapeau ? Quelque chose ne tournait pas rond. Ils sentirent que des ombres bougeaient dans l'obscurité entourant la salle d'audience.

Hisham, complètement obnubilé par son rôle de riche marchand, ne s'apercevait de rien. Il continuait à parler :

— Voilà un secret qui fera plaisir à l'émissaire qui m'accompagne, ô préfet !

— Un secret ? Un émissaire ? Mais de quoi parles-tu, marchand ?

Darhan voulut s'avancer pour faire taire Hisham. Il le tira par le bras, mais il était trop tard : le gros bonhomme continuait à parler pendant que des dizaines de gardes se massaient le long des murs.

— Bien sûr ! J'accompagne l'émissaire de Gengis Khān, dit Hisham en pointant Darhan du doigt. Celui qui est venu vous rencontrer pour vous faire part des intentions de l'empereur. Mais je dois maintenant me taire, ajouta-t-il, fier de lui, et laisser parler celui qui a été désigné.

Il fit une révérence à Darhan, comme s'il s'agissait d'un grand personnage.

— Mensonge ! cria le préfet. Vous êtes des agents de Mohammed Shah ! Vous me racontez des bobards !

— Mais non ! riposta Hisham. C'est la vérité.

— Pourquoi discuterais-je avec ce garçon au visage voilé alors que l'empereur m'a déjà envoyé un émissaire de la lignée royale afin de sceller le destin de Kachgar à celui du peuple mongol ?

Un homme qui se dissimulait derrière une colonne fit son apparition. Un homme vêtu de sombre, aux cheveux longs et au regard mauvais. Il se frottait les deux mains de satisfaction en rigolant tout doucement. C'était Dötchi...

— Oui, préfet, déclara le prince, ces gens sont des traîtres ! Ils viennent pour te tromper. Si tu leur avais fait part de tes intentions de t'allier au peuple mongol, ils seraient allés te dénoncer à ton ancien maître. Tu l'aurais payé de ta vie !

— Je l'ai bien compris ! répondit le préfet. Attrapez les agents du tyran Mohammed Shah !

Plusieurs hommes sortirent de l'obscurité et se saisirent de Hisham et de Kian'jan qui n'opposèrent aucune résistance.

— Attrapez Darhan ! cria Dötchi. Attrapez ce sale morveux !

Mais le jeune guerrier avait disparu. Tous les gardes le cherchaient de leurs yeux hébétés. Darhan s'était faufilé hors de la pièce à la vitesse de l'éclair, si vite qu'aucun d'entre eux ne l'avait vu s'éclipser.

On entreprit de fouiller de fond en comble le palais de Kachgar, sous les cris déments de Dötchi qui traitait tous ceux qu'il croisait d'incapables.

CHAPITRE 8

LE PRINCE ET LE PRÉFET

La plaine de Kachgar était inondée par la lumière pâle d'un magnifique soleil d'hiver. Le troupeau de yacks broutait l'herbe nonchalamment. Koti, assise devant un feu, baissa le voile qui dissimulait son visage. Elle voyait distinctement Subaï qui arrivait au pas de course, comme affolé. Il était parti en reconnaissance, à la suite de Darhan, de Hisham et de Kian'jan. Il courait maintenant vers elle en agitant furieusement les bras. Elle vit ensuite, derrière le jeune garçon, quatre soldats sur leurs montures.

Subaï, qui galopait aussi vite que le lui permettaient ses courtes jambes, fut rapidement rejoint par les chevaux des soldats. Un des hommes se pencha et saisit le jeune garçon à bras-le-corps. Puis les quatre cavaliers poursuivirent leur chemin vers Koti. Ils arrêtèrent leurs montures brusquement, soulevant un nuage de poussière diffus dans la lumière hivernale…

— Vieille femme ! lança celui qui semblait être le chef. Je viens réquisitionner ce troupeau de bétail au nom du préfet de Kachgar. Je te mets aux arrêts !

— Ils ont arrêté les autres ! cria Subaï. J'ai entendu la rumeur dans la ville ! Ils disent que ce sont des traîtres !

Subaï ne put rien dire de plus. L'homme qui le retenait lui avait mis la main sur la bouche. Koti regarda le sol à ses pieds. Elle murmura pour elle-même quelques mots incompréhensibles, puis releva la tête. Subaï ouvrit grand les yeux. Il regardait maintenant le visage de Koti qu'il ne reconnaissait pas…

« C'est de la magie ! » pensa-t-il.

Le visage de la vieille dame s'était transformé. En faisant un effort, on arrivait à reconnaître certains traits qui lui étaient propres, mais sitôt qu'on relâchait sa concentration, le visage redevenait étranger, d'apparence floue, un peu comme un mirage.

— Que me voulez-vous ? demanda Koti d'une voix lointaine, avec l'accent des gens de la région.

— Nous venons saisir ce troupeau de bétail, au nom du préfet, répéta le chef.

— Prenez-le, répondit la femme d'une voix douce et feutrée, il n'est pas à nous. Mais je vous en prie, rendez-moi mon fils. Nous poursuivons notre chemin jusqu'au prochain village. Nous allons rendre visite à ma sœur qui est mourante.

— Ce jeune homme est un traître, dit le chef, confus.

— Un traître ? lança Koti. Un garçon qui court dans les champs pour protéger sa pauvre mère… Il y a méprise, ô soldats de Kachgar !

L'homme en armure jeta un coup d'œil au garçon retenu par un de ses soldats. Il regarda ensuite la vieille qui lui affirmait vouloir aller au village voisin pour rendre visite à sa sœur malade. Il ne comprenait plus pourquoi il avait pris une telle décision et jugea que sa mission consistait simplement à s'emparer du bétail.

— Relâche le garçon, ordonna-t-il à son homme.

Subaï sauta par terre et alla rejoindre Koti.

— Allez-vous-en ! cria impérativement le chef. Nous avons pour mission de ramener ce troupeau à Kachgar, sur ordre du préfet.

— Mais bien sûr, soldat. Remplis ta mission, et sois fier de savoir que tu soulages le cœur d'une vieille dame en lui rendant son enfant. Viens, mon chéri, ne restons pas ici, ajouta-t-elle à l'intention de Subaï.

Elle mit sa main sur l'épaule du jeune garçon et s'y appuya fortement.

— Il faut absolument s'en aller, murmura-t-elle. Je suis épuisée et bientôt le charme sera rompu. Si le soldat reprend ses esprits, nous sommes perdus. Aide-moi à marcher.

Subaï et Koti s'éloignèrent sur la route qui descendait vers le sud. Le chef les regardait suspicieusement, se demandant s'il avait pris la bonne décision. Quelque chose clochait, mais il n'arrivait pas à saisir quoi exactement. Il avait l'impression de rêver éveillé, comme si les événements s'enchevêtraient d'une manière étrange et incompréhensible. Lorsqu'un de ses hommes l'interpella pour lui signaler qu'une bête s'était éloignée, le chef partit aussitôt à sa poursuite en oubliant complètement la vieille Koti et Subaï maintenant loin sur la route.

*

* *

Dötchi faisait les cent pas dans l'immense salle d'audience du palais de Kachgar. Deux hauts gradés se tenaient devant lui. Le préfet était assis à la grande table et regardait le fils de Gengis Khān, l'air perplexe.

— Comment ça, vous ne l'avez pas trouvé ?! criait le jeune prince. C'est impossible ! Vous êtes des incompétents, ou quoi ?!

— Calmez-vous, ô Dötchi, fils de Gengis Khān, dit le préfet. Nous allons attraper ce jeune vaurien. Toutes les issues sont gardées. Il ne peut pas s'enfuir.

— Vous avez intérêt à poursuivre vos recherches ! répliqua Dötchi. Il faut le retrouver. Et s'il faut que je fasse retourner chacune des pierres de ce palais, je le ferai !

— Mais, de toute façon, le traître a échoué dans sa mission. Vous êtes venu à moi avant lui. Je ne vois pas pourquoi vous vous tracassez pour si peu. Nous avons le bétail pour votre armée, et puis… ce n'est qu'un enfant.

Dötchi s'approcha du préfet, le regard menaçant.

— Il y a des choses dans ce monde qui te dépassent, préfet. Ne pose pas de questions et réponds aux ordres du fils de Gengis Khān, ton empereur. Ou alors, tu verras que la barbarie de mon peuple n'est pas une légende et vous souffrirez comme vous n'avez jamais souffert. Je vous ferai regretter votre ancien maître, Mohammed Shah !

Le préfet avala une gorgée d'eau, mais celle-ci passa de travers. Il s'étouffa et postillonna sur la table en toussant fortement. Dötchi le regardait avec dédain.

Le fils du Grand Khān était hors de lui. Tarèk lui avait demandé de partir prestement à Kachgar pour déjouer les plans de Djebe. Il lui avait dit de faire capturer Darhan par les soldats de la ville et de l'amener jusqu'à lui.

« Afin qu'aucun Mongol ne soit au courant de nos plans, avait dit le chaman, nous laisserons faire nos sales besognes par des étrangers. »

S'il apprenait que le garçon s'était échappé, Tarèk piquerait une colère terrible et Dötchi en était effrayé, si bien qu'il terrorisait le pauvre préfet.

— Vous… vous ne vouliez pas interroger les prisonniers ? dit le préfet qui avait cessé de tousser et qui reprenait son souffle difficilement.

Une lueur illumina le regard de Dötchi. Il fixa le préfet avec un sourire méchant.

— Tu sais comment on fait, chez nous, pour faire sortir le renard de son terrier ?

— N… non, bredouilla le préfet.

— Nous allumons un feu près de l'entrée et soufflons la fumée à l'intérieur. La bête suffoquée sort aussitôt. C'est ainsi que nous l'attrapons.

— Vous n'allez pas mettre le feu au palais pour retrouver ce Darhan ?

— Au palais ? Non, répondit Dötchi. Mais, par contre, tu vas ériger un bûcher sur la muraille qui entoure la ville, en direction de l'est, du côté où se présenteront les soldats de mon père. Tu y mettras ce Perse et ce Tangut. Lorsque tu verras au loin les étendards annonçant la venue de l'armée, allume-le en signe de bienvenue et de déférence. Tu te feras bien voir de mon père qui appréciera la mise à mort de ces traîtres. Au moment même où tu feras ce feu, nous serons vigilants. Car, alors, nous devrions voir le renard surgir par un des trous de son terrier.

— Vous êtes sûr que ce Darhan essaiera de sauver ses compagnons ?

— J'en suis persuadé.

— Pourquoi ?

— C'est un paysan. Un faible qui ne comprend les choses qu'avec son cœur. Il essaiera de les sauver, crois-moi.

*

* *

Subaï et Koti avançaient sur Gekko. Le soleil se couchait sur la steppe à l'ouest. Derrière eux, la ville de Kachgar n'était plus qu'une ombre rougeâtre dans le lointain. Plusieurs heures s'étaient déjà écoulées.

— Jusqu'où poursuivrons-nous notre route ? demanda Subaï.

— Nous chevaucherons la nuit entière, dit la vieille femme. Ou tant que cette bête pourra nous conduire.

— Gekko pourrait nous conduire jusqu'au bout du monde, assura Subaï. Il m'a déjà sauvé la vie en galopant toute une nuit dans les Montagnes noires, jusqu'à Karakorum.

— C'est une bonne bête.

— Mais pourquoi nous éloigner ainsi de Kachgar ? Les soldats sont retournés à la ville. Nous n'avons plus rien à craindre.

— Nous ne retournerons pas à Kachgar, répondit Koti.

Elle ne détachait pas son regard de l'horizon, semblant,

comme à son habitude, perdue dans la brume de ses méditations.

— Mais pourquoi ? fit Subaï. Nos amis sont en difficulté ! Il faut les sauver !

— Nous avons une mission à accomplir, répliqua Koti. Il faut aller à Samarkand pour sauver Bun-yi, la jeune fille voilée. Tu ne l'as pas oublié ? Tu accompagnais pourtant Darhan ce jour-là, au bord du lac Baïkal.

— Nous n'abandonnerons pas nos compagnons ?!

— Nous n'abandonnons personne. Dis-moi, Subaï, à quoi servirait d'aller affronter les gardes de la ville ?

— Mais ils risquent leur vie !

— Peut-être que oui et peut-être que non. Il faut avoir confiance. Nous savions tous, en acceptant d'accompagner Darhan dans sa quête, que ce n'était pas sans danger. Maintenant, le plus important, c'est de mener à bien cette mission. Sinon nos compagnons auraient souffert pour rien.

Subaï se mordit la lèvre, ne sachant plus quel sens donner aux paroles de la vieille dame. Il ne pouvait pas croire que ses amis allaient mourir.

*

* *

Il faisait un noir d'encre et l'air se raréfiait. Darhan avait du mal à respirer. Depuis plusieurs heures, il se cachait dans une pièce minuscule, adjacente à une chambre dans laquelle il s'était faufilé rapidement quand il s'était échappé de la grande salle.

Il avait couru en enfilant les corridors à la vitesse de l'éclair. Mais il n'avait pas pu gagner la sortie : trop de gardes arpentaient le palais. Il avait donc remonté un grand escalier et était entré dans une chambre au hasard. Tout au fond, il avait trouvé un petit cagibi fermé par une porte de bois. Il s'y était caché pour attendre que se calme l'ardeur des fouilles ordonnées par le préfet de Kachgar et Dötchi.

Par deux fois, des gardes avaient ouvert la porte. Ils avaient jeté un coup d'œil à l'intérieur du cagibi en l'éclairant à l'aide d'une torche. Mais ils n'avaient pas vu le jeune guerrier en fuite. Ils n'arrivaient pas à distinguer la pierre qui saillait du mur. C'est sur cette pierre en forme de tablette qu'était couché Darhan.

Le garçon avait perdu toute notion du temps et il attendait patiemment. Il lui aurait fallu agir vite. Il aurait pu s'enfuir, mais il y avait cette phrase de Djin-ko qui martelait sans cesse son esprit et qui le retenait au palais : « Prendre ? Non. Toi, tu ne te serais pas fait prendre. Toi, tu te serais enfui sur ta monture et tu aurais poursuivi ton chemin. Les gens de ton espèce ne se font pas prendre… mais, par contre, tes amis auraient pu souffrir de ta bêtise. »

Pourquoi avait-il tenu absolument à se rendre à Kachgar ? Pour les honneurs militaires et pour plaire à Djebe ? Et pourquoi Djin-ko l'avait-il envoyé là avec un troupeau de yacks ? Toutes ces questions se bousculaient dans sa tête sans qu'il puisse entrevoir l'ombre d'une réponse. Koti l'avait pourtant prévenu que c'était une erreur d'aller à Kachgar. Il aurait dû se rendre directement à Samarkand pour tenter de ravir la jeune fille voilée au vizir.

Maintenant, Hisham et Kian'jan avaient été faits prisonniers et leur vie était en danger.

Le jeune guerrier en était à ces réflexions lorsqu'il entendit du bruit dans la pièce voisine. Des gens parlaient en martelant le sol de pierre. Darhan colla son oreille contre le crépi. Il put alors entendre ce qui se disait de l'autre côté.

— Vous allez dormir ici, dit une voix. C'est une de nos chambres les plus confortables. Avec le vent d'ouest qui souffle, vous verrez, l'air est chaud et sec, parfait pour une bonne nuit de sommeil en cet hiver rigoureux.

— Merci, préfet, mais je n'ai pas l'impression que je dormirai beaucoup.

— Vous n'avez rien à craindre, ô Dötchi ! Vous êtes en sécurité. Deux gardes surveillent la porte…

— Ah bon ! je suis en sécurité…, répondit le prince d'un ton ironique.

— Les deux traîtres seront exécutés demain matin. Et vous n'avez rien à redouter de ce petit paysan. Nous l'attraperons. L'armée de votre père arrive demain, aussi.

— C'est bien ce qui m'inquiète.

Darhan entendit la porte s'ouvrir, puis se refermer. Le préfet était sorti. De l'autre côté du mur, Dötchi parlait seul :

— En sécurité... En sécurité ! Il me fait rire, ce préfet. Qu'est-ce qu'il en sait, si je suis en sécurité ? Lorsque Tarèk apprendra que j'ai laissé Darhan s'échapper, il sera furieux. Petite peste de Darhan ! J'aurais dû le faire exécuter par des archers aussitôt qu'il s'est présenté dans la grande salle. Si j'avais livré le corps du paysan mort à ce chaman de l'enfer, il m'en aurait moins tenu rigueur.

Darhan en avait le souffle coupé. Il était dans le placard de la chambre de Dötchi et celui-ci, tout à côté, se préparait pour la nuit.

« Ainsi, pensa-t-il, la nuit est tombée. Le préfet a dit que Hisham et Kian'jan seront exécutés demain. Je dois les sauver, eux qui m'ont aidé à m'enfuir des cavernes d'Obakou. »

Darhan se retourna sur le dos et laissa son regard se perdre dans le noir absolu qui l'entourait. Une fois Dötchi endormi, il tenterait de se glisser à l'extérieur et de s'enfuir. L'opération était risquée, mais c'était la seule option.

« Mon espèce ? songea de nouveau le garçon. Mais qu'a voulu dire Djin-ko ? »

Des souvenirs flous, remontant à une époque lointaine, assaillirent son esprit. Des images de son père Sargö qui lui prenait la main, la nuit, et lui montrait les étoiles ; de sa sœur, Mia, qui s'amusait dans la steppe avec la petite Yol. Elles jouaient à ces jeux de filles que lui, Darhan, n'avait jamais compris. Et puis il pensa à sa mère qui lui passait la main dans les cheveux quand il se collait contre elle. Ses douces rêveries furent interrompues par une sensation de malaise.

Un bruit inquiétant se fit entendre dans le noir du cagibi. Le cœur de Darhan se mit à battre très fort. Il voulut ouvrir les yeux, mais en fut incapable. Que s'était-il passé ? Il s'était endormi d'une manière bien imprudente. Quelqu'un était là, avec lui, tout près. Quelqu'un qui le touchait presque. Il sentit comme un souffle sur son visage. Il ouvrit les yeux subitement et vit Dötchi qui le regardait avec un sourire diabolique.

Darhan voulut crier, mais se retint. Il se leva d'un bond et se cogna la tête contre le plafond. Il se calma immédiatement. En regardant autour de lui, il ne vit rien. Il comprit avec soulagement qu'il était seul et qu'il venait de faire un mauvais rêve. Personne n'était avec lui. Il n'y avait que l'obscurité opaque du cagibi.

Il tendit l'oreille pour constater que le silence régnait dans la chambre adjacente. Du fait qu'il s'était endormi,

Darhan n'avait plus aucune idée de l'heure qu'il pouvait être. S'était-il écoulé quelques minutes ou plusieurs heures ? Impossible de le savoir. Puisqu'il n'entendait rien de l'autre côté, il pensa que Dötchi devait s'être couché. Il décida de tenter une sortie. Si le prince ne dormait pas, il trouverait bien une solution. De toute façon, cet empoté ne faisait pas le poids contre sa vitesse et sa force.

CHAPITRE 9

Les Évadés

Les cellules du palais de Kachgar étaient situées dans un bâtiment attenant au corps de garde. Elles étaient de petite taille avec un plafond anormalement haut, si bien que, dans la pénombre, il était impossible de voir quoi que ce soit. On entendait seulement les chauves-souris, parfois un rat qui passait par là ou une autre bête impossible à identifier.

Hisham et Kian'jan étaient les pensionnaires de l'une de ces cellules. Aussitôt mis aux arrêts, ils avaient été conduits dans une pièce où on les avait interrogés, sans succès. Les deux hommes avaient pris le parti de dire la vérité. Ils avaient essayé d'expliquer qu'ils n'étaient pas des espions de Mohammed Shah mais des hommes de Djebe, général en chef des armées de Gengis Khān. Cependant, la parole de Dötchi pesait plus lourd que celle de deux soldats aux mots insensés…

— Vous nous prenez pour des imbéciles ? avait demandé le garde qui les interrogeait.

— Pas du tout, insistait Hisham.

— Mais tu es perse !

— Oui, mais lui est tangut.

— Je ne comprends pas !

— Il n'est pas perse, et ça ne change rien au fait que nous sommes des hommes de Gengis Khān.

— Je ne comprends rien à vos histoires ! s'était écrié l'homme en frappant sur une table. Tout ce que vous dites est incohérent !

— C'est pourtant la vérité ! avait assuré Hisham.

— Chaque fois que je vous pose une question, vous me répondez par une suite d'inepties impossibles à comprendre. Je vous signale que vous avez intérêt à me dire la vérité, sinon ça tournera mal pour vous !

— Mais c'est la vérité !

Le garde observait les deux hommes la bouche ouverte, l'air incrédule, comme s'il avait affaire à deux imbéciles.

— De toute façon, avait-il fini par déclarer en haussant les épaules, le sort en est jeté : vous serez brûlés sur la grande muraille en même temps que sera hissé le drapeau du faucon blanc pour annoncer la soumission de Kachgar à l'empereur mongol.

— On va nous brûler vifs pour faire bon accueil au Grand Khān ? s'était étonné Hisham.

— Oui, avait répondu le garde, ainsi le préfet sera bien vu de Gengis Khān.

— Voilà qui lui fera plaisir, avait raillé Kian'jan.

Après cet interrogatoire, on les avait jetés au fond de cette cellule noire et malpropre où ils allaient passer, semblait-il, la dernière nuit de leur existence.

Assis par terre, Hisham ne bougeait pas. Le menton appuyé sur la poitrine, il avait l'air de somnoler sans se préoccuper de rien.

Kian'jan, de son côté, avait tenté à plusieurs reprises de faire glisser ses mains hors des chaînes, mais en vain. Son cerveau marchait à plein régime, cherchant un moyen de s'enfuir. Exaspéré, il regarda Hisham qui ne bougeait toujours pas.

— Hé ! Hisham ! dit-il. Tu dors ?

Le gros Perse ouvrit des yeux hagards, comme ceux d'une vache ayant passé sa vie dans un enclos.

— Non, je ne dors pas. Je me repose.

— Ce n'est pas le moment de se reposer. C'est le moment de s'enfuir !

— S'enfuir ? Mais pour aller où ? Envahir Samarkand ? Bah !... de toute façon, sur les murailles de Kachgar ou sur la plaine de Samarkand, nous allons mourir.

— Mais qu'est-ce que tu racontes, mon ami ? Je ne t'ai jamais vu aussi abattu.

— Ne trouves-tu pas incroyable, demanda le gros Perse, que je doive mourir dans mon pays comme un traître perse à la solde de Mohammed Shah, alors que, au fond, je suis un véritable traître à la solde des Mongols venus les envahir ? Ça fait de moi un quoi, ça ? Tu y comprends quelque chose ?

— J'avoue que je n'arrive pas à croire que nous nous soyons fourrés dans un pétrin pareil, répondit Kian'jan.

Le Tangut regarda son ami. Il ne le reconnaissait plus depuis qu'ils avaient franchi la frontière du royaume de Mohammed Shah.

— Tu as honte ?

— Honte de quoi ? fit Hisham en écarquillant les yeux.

— Tu as honte d'être à la solde des Mongols plutôt que de vivre fièrement ta vie de guerrier aux côtés des gens de ton peuple ?

— Mais non… Il y a longtemps que je vis avec les Mongols et que j'ai adopté leurs coutumes.

— Tu n'as été qu'un esclave, et ensuite un soldat, le corrigea Kian'jan. De quelles coutumes parles-tu ? Tu m'as raconté cent fois que tu es né à Boukhara et que tu as été élevé près de Samarkand. Et qu'il n'y a pas de plus belle cité que Samarkand dans le monde entier, avec ses minarets de pierre finement sculptés et ses grandes arches incrustées de jade…

— Tais-toi, dit Hisham.

— J'ai raison ou pas ?

— Tais-toi !

— Mais réponds !

— Oui ! explosa le Perse. Tu as raison ! J'ai honte ! J'ai honte d'être un envahisseur dans mon propre pays. D'aller faire couler le sang de mes frères. Oui, je voudrais être aux côtés des miens pour éviter que la cité soit pillée par les Mongols ! Mais, dis-moi, qu'est-ce que je peux faire maintenant qu'on va me brûler pour souhaiter la bienvenue à Gengis Khān ?!

Kian'jan regardait son gros ami d'un air malicieux. Il semblait ravi de l'avoir tiré de sa léthargie.

— Si nous sortions d'ici, que ferais-tu ?

— Ce que je ferais ? Je vous abandonnerais tous et j'irais me battre à Samarkand ! Voilà ce que je ferais !

— Eh bien... allons-y ! cria Kian'jan. Brise tes chaînes et sors-nous d'ici !

Hisham avait les veines du cou gonflées. Son visage était pourpre et son regard étincelait de rage.

— *Allahou ak-bar !* clama-t-il d'une voix si forte qu'on sentit les pierres se mettre à trembler tout autour.

Le Perse brisa ses chaînes, puis celles de Kian'jan. Il s'élança ensuite furieusement contre les barreaux de fer de la porte. Ceux-ci éclatèrent comme du petit bois sous l'extra-ordinaire pression exercée par Hisham.

Les deux hommes s'engagèrent dans le couloir de la prison.

— Allez, Hisham ! hurla Kian'jan. Défonce tout sur ton passage !

— Arrgh ! fit le Perse, comme un ours sauvage.

Ils durent rapidement s'arrêter. En effet, plusieurs gardes, alertés par les cris furieux de Hisham, se ruaient sur eux. Ils furent tous renversés comme des quilles de bois. Le gros Perse les piétinait comme l'aurait fait un éléphant déchaîné. Kian'jan voulut s'enfuir de son côté pour éviter la mêlée, mais deux hommes le saisirent. Il essaya tant bien que mal de se dégager de leur étreinte, mais en vain ; il fut obligé de s'avouer vaincu.

Hisham fit encore quelques mètres mais, bientôt, plus de vingt hommes lui sautèrent dessus et se mirent à le frapper. La colère du gros homme commençait à faiblir, ce qui semblait lui faire perdre de la force. Kian'jan, qu'on avait immobilisé au sol, vit son ami s'effondrer sous la masse des gardes qui le recouvrirent complètement.

Les deux amis se retrouvèrent dans une autre cellule. Cette fois-ci, ils étaient tous les deux entourés de chaînes de la tête aux pieds, allongés sur le sol.

— Tu es déçu ? demanda Hisham.

— Non, pas du tout, dit Kian'jan. Nous avons essayé quelque chose, n'est-ce pas ? Si nous n'avions rien tenté, là je serais déçu. Mais nous avons fait notre possible et, ça, c'est bien.

— Tant mieux, répondit le Perse en hochant la tête. Ce qui m'étonne, c'est qu'ils ne se soient pas débarrassés de nous. Je m'attendais à ce qu'ils nous coupent en rondelles. J'ai dû tabasser une bonne quinzaine de gardes, sans compter la porte défoncée…

— Il ne faut pas oublier que nous sommes le plat de résistance.

— Ah ! oui, soupira Hisham, c'est vrai, j'oubliais le feu de joie !

Les deux hommes se turent un instant.

— Tu sais, finit par ajouter le Perse, si nous avions réussi à sortir d'ici, je vous aurais abandonnés, toi et les autres. Je me serais joint à l'armée de Samarkand.

— Je sais, fit Kian'jan.

— Tu m'en aurais voulu ?

— Non, pas du tout.

— Darhan et les autres auraient été déçus que je les abandonne.

— Dès que nous sommes entrés dans le territoire perse, Darhan a remarqué que tu ne te sentais pas bien. Je pense que, depuis le début, il s'attendait à ce geste de ta part. Et plus que quiconque, il l'aurait compris.

— Tu crois qu'il va essayer de nous sauver ?

— Je pense que oui.

*

* *

Darhan avançait sur la pointe des pieds dans la chambre de Dötchi. Il faisait très noir. Le garçon s'orientait tant bien que mal dans l'immense pièce, cherchant à atteindre la porte le plus rapidement possible sans réveiller le prince malfaisant.

En passant tout près du lit, il entendit la respiration nerveuse de Dötchi. Le souffle de celui qui n'avait cessé de faire du mal depuis qu'il le connaissait le figea tout à fait, si bien qu'il ne put faire autrement que de rester là et d'écouter.

Darhan n'aurait eu qu'à sortir son épée et à tuer Dötchi. Il était plus fort et plus rapide que lui. La vengeance était tentante. Une vengeance pour lui, pour Koti et pour tous ceux qui avaient souffert à cause de la méchanceté du prince…

« Si je t'enlevais la vie, pensa-t-il, tu ne pourrais plus nuire à personne. »

Le jeune guerrier songea à Günshar à qui il avait sauvé la vie et qui, malgré tout, avait voulu l'assassiner. Mais son cœur était incapable de se résoudre à ce genre de lâcheté. Il n'allait pas s'attaquer à Dötchi dans son sommeil. Il poursuivit son chemin, à pas de loup, jusqu'à la porte.

*

* *

Ce que Darhan ignorait, c'est que le prince était un oiseau de nuit. Sujet à des crises d'angoisse maladive, le prince ne dormait que le matin, jusque tard dans l'après-midi. Il était incapable de fermer l'œil tant il était obsédé par ses peurs. Si bien que, sous ses couvertures, Dötchi était tout à fait éveillé.

Il entendit la porte au fond de la chambre s'ouvrir puis quelqu'un se mettre à marcher vers lui. Il eut envie de crier, mais la peur le paralysait tellement qu'il n'en fit rien. Feignant de dormir, il resta les yeux mi-clos, guettant la silhouette qui s'approchait de lui. Homme ou créature, Dötchi l'ignorait. Il pensa un moment que Tarèk lui avait envoyé un monstre quelconque pour le punir d'avoir laissé Darhan s'échapper. Il était glacé d'horreur, et de violents frissons lui parcouraient tout le corps.

Puis, dans un léger rayon de lumière qui entrait dans la chambre par la fenêtre, le prince vit se découper le visage de l'individu qui s'approchait. En le reconnaissant, il fut profondément consterné. C'était Darhan...

« Il est ici ! pensa-t-il. Il m'a trouvé et il va me tuer ! »

Dötchi ferma les yeux, croyant sa dernière heure venue. Ses nerfs se détendirent un peu lorsqu'il entendit le jeune guerrier s'éloigner. En ouvrant les yeux, il vit Darhan tout près de la porte.

Cet homme était un lâche. Jamais il ne se serait levé pour affronter Darhan. Mais maintenant que ce dernier avait le dos tourné, il sortit le couteau qu'il gardait toujours sous son oreiller. Il se leva d'un bond et lança le couteau dans le dos de Darhan en criant :

— À l'aide ! À l'aide ! On veut m'assassiner !

La lame frappa l'omoplate droite, mais pénétra à peine dans la chair. Le garçon, vif comme l'éclair, se précipita vers la fenêtre au moment même où deux gardes entraient en trombe par la porte principale.

— Vite ! Il s'enfuit par la fenêtre, hurla le prince.

Darhan sortit son épée et affronta les deux gardes. Il esquiva leurs coups habilement, puis piqua le sol à trois reprises avec son épée, à quelques centimètres des deux hommes. Ceux-ci, étonnés tant par l'étrangeté de la manœuvre que par sa vigueur, reculèrent de quelques pas pour mieux évaluer leur adversaire.

— Rends-toi ! dit l'un d'eux. Tu n'as aucune chance.

— Tuez-le ! Tuez-le ! beuglait Dötchi, debout en vêtement de nuit sur son lit.

Les deux gardes tentèrent de nouveau de frapper le garçon, mais celui-ci contra les coups énergiquement. Les cheveux volant de tous côtés et le visage grimaçant, Darhan frappait fort et juste. Les hommes reculèrent encore une fois, comprenant qu'ils n'avaient pas affaire à un manchot.

— Mais tuez-le ! clamait encore Dötchi en tenant un coussin contre sa poitrine.

— Messieurs, dit Darhan, si vous essayez encore une fois, je n'hésiterai pas à vous frapper pour de bon, soyez-en assurés !

C'est alors que d'autres gardes, attirés par les cris,

pénétrèrent à leur tour dans la chambre. Darhan comprit qu'il n'avait plus aucune chance de s'en sortir par l'affrontement. Il risquait de prendre une flèche en pleine poitrine s'il restait là.

Il sauta dans le vide, par la fenêtre.

Dans sa chute, le garçon sentit le vent lui siffler aux oreilles. Il vit le sol s'approcher à une vitesse folle. La fenêtre par laquelle il avait sauté se trouvait à au moins dix mètres du sol…

« Je suis fou, pensa-t-il. Je vais me casser le cou. »

Mais, instinctivement, comme l'aurait fait un chat, il se plia en deux juste avant d'atterrir, et roula violemment sur le côté. Ses jambes heurtèrent durement le sol. Il resta étendu sur le dos à regarder le ciel étoilé. Celui-ci semblait tout proche. Darhan avait le souffle court et sentait son cœur qui battait au fond de sa gorge.

« C'est drôle, se dit-il en tendant les mains vers les étoiles comme s'il avait pu les saisir, on dirait que je n'ai pas mal. Je me suis sûrement cassé quelque chose ; je ne sens plus mes jambes. Ou alors, peut-être que je suis en train de quitter ce monde, comme cette fois dans les Montagnes noires. »

Le vent, mugissant dans les arbres, le ramena à la réalité. Il entendait crier :

— Dans le jardin ! Il est dans le jardin.

Darhan était tombé sur un sol mou fait de terre arable.

C'était un immense jardin avec des arbres et des plantes de toutes sortes.

« Je ne suis pas mort », songea-t-il en relevant la tête.

Il entendit le pas de gens qui fouillaient parmi les plantes et les arbustes.

— Plus à droite ! hurlait quelqu'un. La fenêtre de la chambre est plus à droite.

On s'approchait de lui.

Ayant complètement repris ses esprits, Darhan se faufila entre les massifs en s'enfonçant plus profondément dans le jardin, là où les herbes étaient longues et épaisses. Dans sa précipitation, il se cogna le nez contre un grand mur de pierre.

Il l'escalada aisément et sauta de l'autre côté. Lorsqu'il atterrit, il constata qu'il était dans une petite ruelle. Il s'esquiva au pas de course en passant entre les maisons de pierre et de ciment.

Lorsqu'il estima être assez loin du palais, il s'appuya sur un muret de cailloux afin de souffler un peu. Il remarqua qu'il était dans un quartier résidentiel plutôt cossu. Les maisons, collées les unes aux autres, quoique petites, laissaient deviner que les gens qui habitaient ce coin de la ville vivaient dans l'aisance et devaient appartenir à une classe supérieure.

Darhan vit au loin des hommes qui passaient, torche à la main, éclairant les rues dans la pénombre de la nuit finissante. Une battue avait été organisée pour le retrouver. Cherchant un endroit pour se cacher, le jeune guerrier se glissa dans un passage donnant accès à plusieurs portes le long d'un mur décrépi. Tout au fond d'une cour, il y avait une cabane de bois. Une fille, les cheveux retenus par un foulard, lui faisait signe d'approcher.

Sans réfléchir, Darhan courut jusqu'à elle et entra à l'intérieur de sa cabane. Il était temps. Plusieurs gardes passaient dans la rue. Quelques secondes plus tard, on entendait leurs pas lourds s'éloigner.

Il souffla un peu. La jeune fille alluma une lampe à huile sur une table de bois.

— Qui es-tu ? demanda Darhan.

— Chut ! fit-elle. Il ne faut pas faire de bruit.

Darhan, regardant autour de lui, ne vit personne.

— Tu vis seule, ici ?

— Oui.

— Alors, qui peut nous entendre ?

— Les maîtres dans la grande maison.

— Les maîtres ? Tu es une servante ?

— Oui. Je venais de sortir pour aller chercher de l'eau au puits lorsque je t'ai entendu dans la rue. Tu es un bandit ?

— Un bandit ? Mais... non !

Elle le regardait, perplexe, et lui se rendait bien compte qu'il ne saurait justifier quoi que ce soit. Il était en fuite.

La jeune fille était un peu plus âgée que lui. Ses mains

calleuses montraient qu'elle travaillait très dur. Elle lui faisait penser un peu à Mia, sa sœur. Elle avait la même chevelure rebelle, et de grands yeux qui regardaient tout avec étonnement.

— Merci de m'avoir caché, dit-il.

— Ce n'est rien. Je n'aime pas les gardes. Pourquoi est-ce qu'ils te cherchent ? Qu'est-ce que t'as fait ? Tu n'es pas d'ici ?

— Non, je suis mongol.

— Un Mongol ! s'écria la fille en écarquillant les yeux.

Elle devint nerveuse. Ses mains se mirent à trembler.

— N'aie pas peur, l'implora Darhan. Je ne te ferai aucun mal.

— On dit que les Mongols sont des barbares sanguinaires et qu'ils viennent pour nous envahir. Que c'est pour ça que le préfet s'est soumis à Gengis Khān et a trahi le shah et la religion. Sans cette reddition, on dit qu'ils auraient tout mis à feu et à sang.

Darhan eut un petit sourire malicieux.

— En tout cas, répliqua-t-il, ce n'est pas moi qui vais faire ça ici, aujourd'hui, n'est-ce pas ?

La jeune fille répondit par un sourire. Par la fenêtre, on vit poindre les premiers rayons du soleil. Le ciel prit une teinte bleu pâle. La fille s'affola.

— Oh ! Qormusta ! je vais être en retard pour le bain de ma maîtresse ! Elle va se lever et l'eau ne sera pas chaude. Il faut que j'aille au puits !

Elle souleva une énorme jarre de terre cuite qu'elle mit sur sa tête.

— Tu peux rester ici, lança-t-elle avant de sortir. Mais ne fais aucun bruit. Je ne veux pas de barbarie dans ma maison. Si quelqu'un s'approche, cache-toi derrière les paravents du fond. Il ne faut pas qu'on te trouve, sinon on va me mettre à la porte.

Darhan la remercia en acquiesçant de la tête. La fille lui jeta un long regard, puis elle partit au pas de course.

Le jeune guerrier resta seul devant la flamme de la lampe à huile. Il se demanda tout d'abord s'il ne ferait pas mieux de s'enfuir. Peut-être que cette fille n'était pas aussi charmante qu'elle paraissait et qu'elle allait le dénoncer. Mais il était si épuisé qu'il avait envie d'oublier tous ses soucis. La cabane de bois lui apportait un certain réconfort. Les couleurs chaudes qui ornaient les murs lui faisaient un peu penser à la yourte dans laquelle il avait grandi. Il s'étendit sur le sol, près du mur, et se couvrit complètement avec une couverture. Il s'endormit aussitôt.

*

* *

Le jour s'était levé. Koti et Subaï avaient cheminé toute la nuit sans s'arrêter, sauf pour faire brouter le cheval et pour boire dans les ruisseaux qui traversaient leur route. Car ils n'avaient pas de temps à perdre. Dans quelques jours la guerre ferait rage autour de Samarkand. Ils voulaient être à l'intérieur de la ville pour ne pas se retrouver coincés sur les champs de bataille.

Le petit Subaï, à moitié endormi, avait la tête qui ballottait d'avant en arrière. Une pluie froide commençait à tomber et ils durent s'envelopper dans des couvertures. Les prévisions du chaman Tarèk se réalisaient en ce moment même : un temps épouvantable s'installait dans la région.

— Je suis épuisé, dit Subaï dans un sursaut.

— Moi aussi, soupira Koti. Mais nous n'avons pas le choix. Nous devons continuer notre route. Si Dötchi a capturé Darhan et les autres, il va mettre Tarèk au courant de nos intentions et nous allons échouer.

— Comment allons-nous ravir la jeune fille voilée à ce magicien perse ?

— Je ne sais pas. Zohar est très puissant. Même Tarèk le craint. Je crois que nous devrons étudier la situation sur place. Le mieux pour nous serait de nous infiltrer dans l'entourage du magicien. Ainsi, si nous n'arrivons pas à nous emparer de la jeune Bun-yi, nous pourrons toujours prévenir Zohar des intentions de Tarèk. Dans ce cas, nous n'aurions qu'à moitié échoué.

— Nous pourrions nous faire engager comme domestiques dans sa maison.

— Bonne idée, mon ami ! Un jeune garçon et une vieille dame n'attireront pas les soupçons.

— Nous sommes mongols. Ils vont s'en rendre compte.

— Mais tu oublies que j'ai quelques trucs pour transformer notre apparence.

— On va faire de la magie !

— Oui. Juste un peu de magie.

*

* *

Hisham et Kian'jan avançaient dans les rues de la ville, chaînes aux poings et aux pieds. Ils étaient escortés par une quantité impressionnante de gardes. Beaucoup de gens étaient sortis pour voir les prisonniers. La rumeur s'était répandue qu'une exécution spectaculaire allait avoir lieu pour célébrer la venue de l'armée de Gengis Khān à Kachgar.

C'était une matinée sombre. Une pluie froide tombait. Les deux hommes furent hissés sur la muraille orientée en direction de l'est, puis attachés à deux poteaux sous lesquels on avait entassé une grande quantité de bois. Le bûcher était prêt.

— Il pleut, dit Kian'jan. Ils vont avoir du mal à allumer le feu.

— Voilà qui me remonte le moral, mon cher, répondit Hisham.

Les deux amis échangèrent un sourire triste. Ils avaient la gorge nouée. La fin semblait toute proche…

Le préfet se présenta sur le chemin de ronde de la muraille, accompagné de Dötchi. Tous deux se frottaient les mains pour se réchauffer dans la matinée froide, mais aussi, assurément, par satisfaction, voyant leur plan sur le point de se réaliser.

— Vous avez réussi à vous endormir après l'incident de cette nuit, mon prince ? demanda le préfet.

— Non, je n'ai pas fermé l'œil de la nuit. As-tu mis les gardes de ma chambre aux arrêts ?

— Oui, mon prince, comme vous l'avez demandé. Mais si vous me permettez… ce sont d'excellents hommes…

— Silence, préfet ! Ne discute pas la volonté de celui qui va succéder à Gengis Khān sur le trône de l'Empire ! Tu pourrais le regretter. Ces hommes ont mal fouillé la chambre. Ce sont des incapables !

Le préfet baissa les yeux en signe de soumission. La voix de Hisham se fit entendre, haute et forte :

— Ô préfet ! Le jeune prince te trompe. Il a été répudié par son père. C'est son jeune frère, Ögödei, qui sera empereur.

Dötchi devint blême de colère.

— Je vais te faire ravaler tes paroles !

Il se saisit d'une lance puis, au pas de course, tel un Hellène à l'entraînement, il la projeta de toutes ses forces. Mais il était si maladroit qu'il perdit pied sur la pierre glissante. Il tomba sur les fesses sans que la lance atteigne Hisham.

— Nous allons le regretter, lança Kian'jan, impressionné par la colère du jeune prince.

— Penses-tu ? dit Hisham. J'aime mieux mourir transpercé par une lance que de rôtir comme un agneau sur la broche...

Le prince se releva, le visage violacé. Il sortit un couteau.

— Sale Perse ! Je vais te tuer de mes propres mains !

Il s'élança pour escalader le bûcher, mais les billes de bois, humides et glissantes, se mirent à rouler les unes sur les autres et Dötchi se retrouva cul par-dessus tête. Il roula d'une manière grotesque jusqu'aux pieds du préfet de Kachgar qui regardait cette scène d'un air perplexe.

— Eh bien, fit Kian'jan, ce n'est pas ce bon à rien qui va nous aider à mourir promptement !

— Non, soupira Hisham. Je crois bien que nous devrons passer au gril...

Le prince se releva, le visage rouge, les yeux injectés de sang. Il voulut grimper de nouveau pour accomplir sa sale besogne, mais un cor résonna fortement. Du haut d'une tour d'observation, un vigile annonçait que l'armée mongole était en vue.

— Ha ! fit Dötchi en levant les mains vers le ciel, je vais avoir le plaisir de vous regarder griller comme des saucisses ! Gardes ! Hissez le drapeau des Qiyat et allumez ce feu ! Oh ! oui, continua-t-il, vous allez griller, et cet imbécile de Darhan va vouloir vous sauver, j'en suis sûr ! Mais regarde, pauvre Perse ! Et toi, contemple l'étendue de votre défaite, petit Tangut. Dans chacune des tours, il y a plus de trente archers. Quand le feu sera allumé et que Darhan s'approchera pour vous sauver, ils tireront des centaines de flèches bien affilées qui viendront s'enfoncer dans votre chair ! Ha ! ha ! ha !

Dötchi cessa de rire et changea d'expression. Il regardait maintenant les trois gardes qui essayaient en vain d'allumer le feu.

— Qu'est-ce que vous faites ? cria-t-il. Allumez ce feu ! L'armée approche. Le drapeau est hissé !

Un des gardes s'approcha, l'air embarrassé.

— Nous sommes désolés, maître Dötchi. Il pleut depuis ce matin. Il est tout à fait impossible d'allumer ce feu.

— Bande d'imbéciles ! tonna Dötchi.

Il se retourna vers le préfet.

— Vous me mettrez aux arrêts ces trois idiots qui ne savent pas allumer un feu ! Qu'on aille me chercher de l'huile à lampe, et vite !

Le prince se mit à marcher sur la muraille. Au loin, il pouvait voir les troupes dirigées par le général Subotaï. Il distinguait à ses côtés Tarèk le chaman, qui avait insisté pour l'accompagner à Kachgar, prétextant qu'il voulait consulter des livres à la bibliothèque de cette ville. Gengis Khān n'avait posé aucune question. Il ne pensait à rien d'autre qu'à Samarkand, ignorant tout des plans qui unissaient son fils au terrible chaman…

— Sale Tarèk qui fait pleuvoir ! dit Dötchi, debout sur la muraille, en agitant les bras vers les armées lointaines. C'est Samarkand qu'on veut conquérir, pas Kachgar !

Puis il se calma un peu, et l'expression de colère sur son visage fit place à l'inquiétude.

« Qormusta ! se dit-il. Il va fulminer s'il apprend que je n'ai pas attrapé Darhan ! »

*

* *

Darhan sentit comme un chatouillement sur le bout de son nez. Il ouvrit les yeux et vit une grande plume qui s'agitait. Il se releva aussitôt et se cogna la tête contre une tablette de bois.

— Aïe ! hurla-t-il en reculant contre le mur.

Devant lui, à genoux, se tenait la jeune fille qui lui avait ouvert la porte.

— Que tu m'as fait peur ! s'exclama Darhan. Je ne savais plus où j'étais. J'ai tellement dormi.

La jeune fille riait en agitant la plume.

— Oui, et tu as une manière plutôt brutale de te réveiller.

— Ta maîtresse a pris son bain chaud ? demanda Darhan en s'asseyant.

— Oui. Heureusement qu'elle s'est levée plus tard que de coutume. Sinon elle aurait fait une de ces colères…

La fille donna à Darhan un bout de pain, comme celui que lui avait jeté Djin-ko. Puis elle lui tendit quelques fruits séchés et une tasse de thé. Affamé, le garçon avala le tout.

— Merci, dit-il en prenant une gorgée du liquide chaud. Comment t'appelles-tu ?

— Zara.

— Et moi, Darhan.

Ils échangèrent un regard complice empreint de cordialité. Darhan prit une autre bouchée de fruits séchés. C'est alors qu'un cor résonna dans toute la ville.

— Qu'est-ce que c'est que ça ? lança le jeune guerrier.

— Ça doit être le signal, répondit Zara, le regard sombre.

— Le signal ?

— Oui. On va brûler des traîtres, ce matin. Un Perse et un Tangut.

— Hisham et Kian'jan ! cria Darhan.

— Tu les connais ?

— Mais quelle heure est-il ?

— Il doit être midi.

— Midi ! J'ai dormi tout ce temps !

Darhan se leva d'un bond. Il mit ses bottes et ramassa son arme.

— Où vont-ils être exécutés ?

— Sur la grande muraille est.

— C'est où ?

— Eh bien, tu dois prendre à droite en sortant de la ruelle, puis tourner à gauche à la fontaine. Là, tu vas traverser un premier marché, celui des céréales. Ensuite, tu vas contourner un minaret sur la grande place, et il te faudra longer un moment les grands jardins. Après, tu vas traverser un autre marché, celui des animaux. Ensuite, il faut prendre la grande artère. Je crois qu'à partir de là tu peux voir la muraille sur ta gauche. Sinon continue tout droit. Tu ne peux pas la manquer, c'est immense.

Darhan regardait Zara, bouche bée.

— Mais je n'y arriverai jamais ! Je vais me perdre. Il faut que tu m'y conduises.

— Tu es fou ! s'écria la jeune fille. Je ne peux pas sortir d'ici ! Si ma maîtresse apprend que j'ai quitté la maison, elle va me punir.

— Écoute, Zara, mes amis vont être exécutés. Tu es la seule qui puisse m'aider. Lorsque les Mongols seront ici et qu'ils prendront possession de la ville, je veillerai à ce que ta maîtresse ne te dispute pas, et surtout à ce que tu sois affranchie.

La fille hésitait face à cette aventure qui se présentait à elle. Darhan sautillait sur place, impatient et prêt à partir.

Zara regarda ce jeune guerrier mongol qui était devant elle et qui était venu jusque dans sa cabane, au fond de la petite ruelle de ce quartier cossu de Kachgar. Elle ne put y voir autre chose qu'un signe du destin et, surtout, une occasion de quitter sa vie d'esclave. Après tout, elle n'était pas plus bête que le préfet de la ville…

— D'accord ! fit-elle d'un air résolu. Mais tu promets de m'aider ?

— Promis !

Ils partirent tous les deux dans le dédale de rues de la ville jusqu'à la grande muraille.

CHAPITRE 10

L'ESPRIT DU VENT

Les soldats revinrent sur la muraille avec de l'huile à lampe. Ils arrosèrent généreu-sement le bûcher sous Hisham et Kian'jan. Dötchi semblait satisfait.

— Bien. Très bien, dit-il en se frottant les mains. Je vais avoir le bonheur d'allumer moi-même le feu. Ensuite, nous pourrons nous cacher et regarder le magnifique spectacle que nous avons préparé.

Tous les gardes ainsi que le préfet descendirent se cacher. Dötchi s'approcha de Hisham et de Kian'jan, une torche enflammée à la main.

— Eh bien, mes amis, vous voilà face à la fin ! Peu importe que Darhan se pointe pour tomber dans mon piège. Au moins, j'aurai eu le plaisir de vous voir rôtir !

Dötchi lança la torche sur le bûcher qui s'enflamma et descendit à son tour se mettre à l'abri.

*
* *

Darhan et Zara arrivèrent au bout de la grande artère. Ils avaient couru pendant plus de dix minutes, sans arrêt, et tous les deux étaient à bout de souffle. Sur la muraille de l'est, ils virent une colonne de fumée monter vers le ciel.

— Pourvu que nous n'arrivions pas trop tard ! dit Darhan.

Ils repartirent au pas de course. Après quelques minutes, ils virent les silhouettes de Kian'jan et de Hisham attachées à des poteaux sur le bûcher fumant. Le bois demeurant humide, le feu tardait à prendre. Mais il n'y avait pas une minute à perdre ; sitôt la fumée trop dense, les deux hommes allaient mourir asphyxiés.

Darhan et Zara gravirent l'escalier. Ils passèrent, sans les voir, devant Dötchi, le préfet et les gardes camouflés le long de la muraille. Une fois sur le chemin de ronde, ils s'approchèrent du bûcher.

La fumée était épaisse. Ils avaient du mal à distinguer les deux hommes. Ils entendirent le Perse qui toussait fortement. Kian'jan s'était évanoui. Darhan n'hésita pas. Il sauta par-dessus le feu et rejoignit rapidement ses amis. Avec son épée, il coupa les cordes qui retenaient leurs poignets.

— Vite ! cria Darhan à Hisham. Aide-moi ! Il faut sortir Kian'jan de là. Il a perdu connaissance.

Malgré sa toux profonde et convulsive,- Hisham aida Darhan à déposer le Tangut sur le sol.

— C'est… c'est une embuscade, haleta-t-il.

— Je ne doute pas que ce soit un piège, mon ami, déclara Darhan qui toussait pour expulser la fumée qui avait empli ses poumons, mais je devais vous secourir.

— Regardez ! hurla Zara.

Un rire mauvais se fit entendre. C'était celui de Dötchi qui avait monté l'escalier et qui les regardait avec malveillance.

— Ta bonté m'a sauvé la vie cette nuit et, aujourd'hui, elle t'a mené à moi ! railla le prince.

— Tu es lâche et sans cœur, répondit Darhan, les dents serrées.

— Et toi, tu es un faible paysan ! Et dans ce monde, les faibles sont des perdants !

Le jeune guerrier grimaça de colère. Il voulut avancer vers Dötchi, mais Zara le retint par le bras.

— Attends, fit-elle. Regarde !

Elle pointa du doigt les deux grandes tours. Sur celles-ci, des dizaines d'archers les tenaient en joue.

— Nous sommes cuits, lança Hisham. C'est inutile de résister.

Darhan rageait intérieurement. Il pouvait s'enfuir, mais ses amis n'y parviendraient pas.

— D'accord, dit-il, je me rends. Mais laisse mes amis s'en aller. C'est à moi que tu en veux. Ne l'oublie pas.

— Te rendre ? riposta Dötchi. Mais qui parle de te rendre ? Je ne fais pas de prisonniers, paysan minable. Vous allez être exécutés ! Archers ! abattez ces criminels !

Dötchi baissa le bras en guise de signal, et le son de trente arcs se détendant violemment se fit entendre sur la grande muraille. Darhan et ses compagnons fermèrent les yeux en crispant leur visage. Ils savaient très bien que la douleur qui les attendait serait insupportable.

Ils restèrent ainsi d'interminables secondes. Mais, chose incroyable, les flèches frappèrent le sol de pierre sans atteindre aucun d'eux. Ils ouvrirent les yeux et regardèrent autour d'eux, incrédules. Dötchi, à quelques mètres de là, était blême de colère.

— Qui a mis sur cette terre des incapables pareils ?! tonna-t-il en tendant la main vers les archers.

Ceux-ci, dans les deux grandes tours, semblaient tous plus stupéfaits les uns que les autres. Ils se regardaient mutuellement en levant les épaules de désarroi, cherchant à comprendre l'inexplicable.

Dötchi, dans sa colère, fit signe aux archers d'envoyer une deuxième volée de flèches ; ce qu'ils firent aussitôt, chacun s'y prenant à plusieurs reprises. Plus d'une centaine de flèches quittèrent les deux tours pour frapper le sol sans toucher une seule fois leurs cibles…

Dötchi tremblait. La sueur perlait sur son front déjà rendu humide par la pluie fine. La peur l'envahissait. Un sortilège était à l'œuvre. Il recula de quelques pas en voyant Darhan marcher vers lui d'un pas déterminé.

— Mais quel est ce prodige ? dit le prince qui reculait maladroitement et qui faillit trébucher. Quel est ce maléfice ?

— Qui peut faire dévier les flèches sur la steppe ? demanda Darhan d'une voix haute et forte. Qui d'autre que le vent peut faire dévier le monde de sa trajectoire ?

Dans le ciel gris, au-dessus de la ville de Kachgar, volait un grand aigle.

*

* *

— L'esprit du vent, souffla doucement Tarèk sur son cheval.

— Pardon ? demanda le général Subotaï qui chevauchait tout près.

— C'est Djin-ko, un esprit du vent.

Subotaï ne comprenait pas ce que lui disait Tarèk. Il savait que le chaman était un homme énigmatique et il se contenta de hausser les épaules. Le jeune général avait été nommé commandant en chef du détachement qui devait se rendre à Kachgar. Dötchi avait envoyé un messager pour informer Gengis Khān que le préfet se soumettait à sa volonté. C'était à la suite de cette capitulation que Tarèk avait insisté pour accompagner l'armée jusqu'à Kachgar.

Ils virent le drapeau orné du faucon blanc flotter au vent sur la grande muraille de la ville. Ils virent aussi une longue colonne de fumée. Mais ils ne virent rien de ce qui s'était déroulé sur le chemin de ronde de la muraille. Ils étaient trop loin sur la plaine et avaient encore une demi-heure de route à faire pour parvenir jusqu'aux portes de la ville. Par contre, le vol de Djin-ko sur son aigle n'avait pas échappé au chaman. Celui-ci avait serré les dents, mais semblait satisfait d'avoir enfin trouvé l'esprit qui se mettait en travers de sa route…

L'armée entra paisiblement dans la ville sous la clameur d'une foule docile, rassemblée là pour l'événement. Une lourdeur étrange accompagnait l'entrée de la plus formidable armée de tous les temps. La réputation de barbares des guerriers de Gengis Khān inquiétait le pauvre peuple qui saluait poliment les soldats en s'inclinant légèrement.

Dötchi s'avança vers Subotaï et Tarèk. Il avait la mine déconfite. Ses cheveux, habituellement bien coiffés, étaient sales. À cause de l'âme faible du prince, Tarèk sut immédiatement que Darhan s'était échappé et que le plan qu'il avait élaboré avait échoué…

Le préfet de la ville s'avança à son tour pour souhaiter la bienvenue au général Subotaï qui parla le premier :

— Gengis Khān est heureux de voir que le drapeau des Qiyat flotte sur ta ville, préfet.

— Nous sommes heureux de nous soumettre à la volonté de l'empereur, répondit le préfet.

— Sache que, pour Kachgar, il n'y aura maintenant plus que paix et prospérité. La force de l'Empire profitera à tes concitoyens dont la loyauté sera garante d'un avenir radieux.

— Nous en sommes ravis et les portes de notre ville seront toujours ouvertes.

On alla jusqu'au palais pour les formalités politiques et stratégiques en vue de la guerre à venir. Kachgar allait jouer un rôle important dans le ravitaillement des troupes mongoles qui auraient à affronter de nombreuses cités sur plusieurs fronts.

S'il n'y eut pas de massacres à Kachgar qui s'était soumise paisiblement, il n'en fut pas ainsi pour plusieurs cités telles que Merv, Herāt et Kaboul qui refusèrent de se rendre. Ces villes essuyèrent les terribles assauts de l'armée de Gengis Khān. Ce coin du monde, autrefois magnifique et prospère, ne s'en relèverait jamais. Il porte, encore aujourd'hui, les stigmates des conquêtes mongoles.

Tarèk accompagna Dötchi dans la grande chambre, celle-là même où s'était caché Darhan.

— Il reste quelques traces de lui, ici même, dit le chaman en regardant sévèrement Dötchi. Sa présence est toute fraîche. On la sent dans les murs, dans l'air même de la pièce. Que s'est-il passé ? Il est venu jusque dans votre chambre !

Le prince, confus, baissa les yeux. Tarèk alla s'asseoir sur un tabouret de bois près de la fenêtre. Il regarda le jardin où avait atterri Darhan, puis l'horizon à l'ouest, là où se trouvaient les montagnes du Pamir, et ensuite la steppe jusqu'à Samarkand. Bientôt, il aurait à affronter Zohar, le magicien perse. Si tout se déroulait comme il le voulait, il aurait la jeune fille sans visage pour contrôler l'âme des khāns. Mais un obstacle se dressait sur son chemin. Une chose qu'il n'avait pas prévue et qui prenait racine dans le début des temps.

Dans le soleil couchant, éclairant la chambre d'une lumière rouge orangée, Tarèk enleva sa cape pour exposer son visage hideux aux rayons lumineux.

— Il fait bon, n'est-ce pas ? lança le chaman en prenant une grande respiration. Le printemps est tout près. On le sent dans l'air. Vous ne trouvez pas, jeune prince ?

— Si, répondit nerveusement Dötchi. Enfin... je n'avais pas remarqué.

Tarèk se retourna vers lui, exposant l'orbite vide de son œil.

— Dites-moi... que s'est-il passé, et pourquoi Darhan n'est-il pas notre prisonnier ?

— Tout s'est déroulé comme prévu. Seulement, Darhan a été plus rapide et il s'est enfui. J'avais capturé ses amis, et je l'avais presque, lui...

— Il a délivré ses amis et s'est enfui sous votre nez ?

— Oui, fit Dötchi. Ils se sont sauvés dans la ville et ils ont pris des chevaux. Ils se sont enfuis vers l'ouest il y a à peine une heure. On a envoyé des cavaliers à leur poursuite. Je n'y comprends rien ! Les meilleurs archers étaient dans les tours et aucune flèche n'arrivait à les toucher.

— Les flèches ont dévié ?

— Oui.

— Toutes les flèches ?

— Oui, toutes les flèches. Elles partaient dans tous les sens et tombaient sur le sol comme si on avait frappé chacune d'elles avec un bâton.

— Ou… avec un vif coup de vent.

— Je ne comprends pas.

— C'est la preuve que je n'ai pas eu la berlue, déclara le chaman en se retournant vers la fenêtre. Il y avait bien un grand aigle qui volait sur la ville.

— Mais qu'est-ce qui peut bien être à l'origine d'un tel phénomène ? demanda Dötchi avec empressement.

— Mais *qui* ? rectifia Tarèk. Qui donc peut faire dévier les flèches sur la plaine ? Qui d'autre que le vent ?

Dötchi écarquilla les yeux et recula de quelques pas.

— Vous venez de répéter exactement les paroles que Darhan a prononcées sur la muraille, tout à l'heure.

— N'est-ce pas ? fit Tarèk sans se retourner. C'est qu'il s'agit bien du grand aigle de la légende. Je l'ai vu au-dessus de la ville et j'ai tout de suite su que la mission allait échouer, car des forces supérieures sont contre nous. Vous vous souvenez, dans le désert de Takla-makan, il y a plusieurs jours, je vous ai dit qu'un esprit se jouait de moi. Eh bien, maintenant, je sais duquel il s'agit ! C'est Djin-ko.

— Djin-ko ?

— C'est un vieil esprit, aussi vieux que la plaine. On dit qu'il a vu naître le monde. Il est si vieux que jamais je n'ai pensé qu'il pourrait s'intéresser aux histoires des vivants. Que peut-il chercher ? Je l'ignore.

— Pourquoi cet esprit se met-il en travers de notre chemin ? Qu'est-ce qu'il nous veut ? Avons-nous fait quelque chose de mal ?

— De mal ! s'exclama le chaman. Mais qu'est-ce que le mal, sinon un point de vue ?

Dötchi ignorait tout des plans de Tarèk. Il ne pouvait se douter que ce dernier allait à Samarkand pour capturer Bun-yi, la jeune fille sans visage, et Tarèk se garda bien de le lui faire savoir. Par contre, Dötchi était un précieux allié que le chaman devait attacher à sa cause d'une manière ou d'une autre.

— Je ne sais pas..., poursuivit Tarèk, songeur. Je ne sais pas pourquoi il protège cet enfant. Mais une chose est sûre : Djin-ko est un esprit sombre qui cherche à embrouiller les vivants.

— Comment combattre les volontés d'un esprit, ô chaman ?

— Les esprits contrôlent le cœur des hommes, certes. Et c'est pourquoi certains hommes et certaines femmes sont chamans, jeune prince. Ce Djin-ko n'est pas invincible. S'il peut intervenir si directement dans le monde, c'est qu'il a une faiblesse quelque part.

Tarèk se leva, étira ses grands bras, puis s'appuya sur le rebord de la fenêtre.

— Voyez-vous les oiseaux, au loin ?

— Oui.

— Leur vol est sublime. Ils sont si agiles, ne trouvez-vous pas ?

— Oui, répondit encore Dötchi qui ne comprenait pas où Tarèk voulait en venir.

— Si les oiseaux volent, c'est qu'ils ont des plumes, vous êtes d'accord ?

— Oui.

— Les plumes leur permettent de se déplacer dans l'air, n'est-ce pas ?

— Mais… oui.

— Vous avez remarqué si Darhan a une ou des plumes d'aigle sur lui ?

— Je me souviens qu'il en porte quelques-unes à sa ceinture.

— Parfait ! dit Tarèk en esquissant un large sourire révélant ses dents noires. Il nous faut ces plumes. Si

Djin-ko se manifeste ainsi, c'est qu'il a un lien dans ce monde et, ce lien, il l'a choisi : c'est le fils de Sargö, Darhan. C'est à travers lui qu'il peut se manifester et intervenir physiquement dans le monde.

Tarèk remit rapidement sa capuche sur sa tête. Il se préparait à sortir.

— Mais pourquoi ? demanda Dötchi.

— Pour nuire à Gengis Khān, sans aucun doute. Djin-ko est un esprit réactionnaire qui refuse le changement. Sans doute que l'expansion prochaine de l'Empire l'a fait sortir de sa torpeur.

— Alors, il faut avertir mon père !

— Vraiment ? fit Tarèk.

Il scrutait la conscience de Dötchi qui était maintenant comme un livre ouvert pour lui, le grand chaman de Gengis Khān.

— Ne cherchons pas à contrecarrer les plans de l'esprit. Car au moment même où nous chercherions à le faire, il se retournerait contre nous et nous prendrait pour cibles. Vous me comprenez bien ?

— Ou… oui, balbutia Dötchi, déconcerté.

— Cherchons plutôt à nous emparer des plumes de Djin-ko que Darhan porte à sa ceinture. Lorsque nous aurons ces plumes et que nous aurons évoqué son essence, le vent, il nous appartiendra. Et nous ferons ce que nous voudrons de lui. Comprenez bien une chose, ô Dötchi : les esprits font partie intégrante de la nature de toute chose ! Et si le destin du monde était que votre père échoue pour que vienne à sa place un empereur plus digne de guider le peuple mongol, vous, son fils, par exemple ?... Qu'en pensez-vous ?

Le prince resta sans voix. Ses idées allaient lentement dans sa tête, ayant de la difficulté à s'associer l'une à l'autre. Nul doute que Tarèk soumettait à un quelconque sortilège, en ce moment même, l'âme du pauvre Dötchi. Le chaman avait la tâche facile, car celui qui lui faisait face était un être cupide et avide de pouvoir.

— Qu'en pensez-vous ? demanda-t-il de nouveau.

— Je... je crois que c'est juste.

— Moi aussi, dit Tarèk, satisfait. Croyez-en mon expérience, il vaut mieux suivre le chemin des esprits. Et je pense que vous ferez un grand empereur.

— Mais Ögödei, mon petit frère ? C'est à lui que revient le trône de notre père.

— Ögödei ne pourra que se retirer dans ses terres du Sud lorsqu'il sentira toute la puissance que dégagera Dötchi, son frère aîné, celui qui contrôlera l'esprit de Djin-ko avec les plumes du grand aigle.

Tarèk s'approcha de la porte et se retourna vers Dötchi à qui il adressa un sourire de satisfaction.

— Cela va-t-il ainsi ?

— Oui.

— Bien. Maintenant, je dois partir. J'ai plusieurs prières et incantations à faire avant le coucher du soleil.

Il sortit, referma la porte avec soin, puis s'éloigna furtivement dans le corridor.

Dötchi s'assit sur son lit et secoua la tête plusieurs fois. Son esprit était engourdi. Plusieurs détails de la conversation qu'il avait eue avec Tarèk lui échappaient. Mais une chose restait claire…

— Je vais être empereur.

CHAPITRE 11

AUX PORTES DE SAMARKAND

Darhan, en compagnie de Zara, de Hisham et de Kian'jan, avait chevauché deux jours durant sur la steppe, contournant les montagnes du Pamir pour ensuite mettre le cap vers Samarkand. Leurs poursuivants les avaient abandonnés après une demi-journée de course. Sur le chemin, ils avaient rencontré plusieurs patrouilles mongoles, qui s'occupaient de préparer le terrain pour la venue de la grande armée. Ils allaient rejoindre le point de rendez-vous sur la plaine de Samarkand.

C'était la fin de la deuxième journée, ils avaient contourné la ville de Kesh et prenaient quelques heures de repos sur un plateau rocheux dominant une petite plaine encerclée de hautes collines. Au loin, on apercevait plusieurs fermes abandonnées par les paysans à l'approche de la guerre.

Pendant que les autres s'étendaient sur le sol, épuisés

par la longue course qu'ils venaient de faire, Hisham demeurait sur son cheval.

— Alors, mon ami, dit Kian'jan, tu ne te reposes pas ?

— Non, répondit Hisham, l'air songeur. Je ne suis pas fatigué.

Kian'jan s'approcha.

— C'est donc ici que tu nous quittes ?

Le Perse ne dit pas un mot. La pluie n'avait pas cessé une seconde depuis qu'ils avaient quitté Kachgar. À cause de l'humidité, jamais ils n'avaient pu se réchauffer de façon convenable. Étonnamment, Hisham ne portait qu'un gilet sans manches en peau de mouton, exposant ses immenses bras poilus à l'air glacial. Il semblait insensible au froid. Pourtant, ce cœur gros qu'il avait au fond de la poitrine l'empêchait de dire quoi que ce soit à son meilleur ami.

— Commandant, cria Hisham en brisant le silence, il faut que je te parle.

Darhan se leva péniblement et s'avança tout près du Perse. Il prit la tête de son cheval entre ses mains et lui caressa la crinière.

— Ton cheval a les mêmes yeux que Gekko, dit-il tout bas.

— Je dois te parler.

— Je t'écoute, Hisham.

— Commandant, je dois t'informer que j'abandonne mes devoirs envers la nation mongole. Je déserte l'armée pour aller rejoindre mon peuple et le défendre dans la grande guerre qui l'attend.

Hisham avait un air théâtral qui fit sourire Darhan malgré lui.

— Je comprends, assura ce dernier, et je suis persuadé que la nation mongole comprend aussi ce qu'est le devoir.

— Lorsque je ne serai plus en vue de votre campement, nous serons des ennemis mortels.

— Je comprends cela aussi, fit Darhan.

— Sache que je n'aurai pas de pitié sur le champ de bataille, même si je t'aime.

— Je serai sans pitié, moi aussi, même si je t'aime...

Ces dernières paroles furent difficiles à prononcer pour le jeune garçon. Il dut faire de gros efforts pour ne pas céder à l'émotion.

Hisham prit une grande respiration, puis expira longuement. Ses yeux étaient humides, mais jamais, par orgueil, il n'aurait versé une larme.

— Je dois y aller, lança-t-il à Kian'jan. C'est comme ça. Tu le sais ?

— Je sais, répondit Kian'jan comme s'il sortait du brouillard. Je sais.

Le jeune Tangut eut un sourire triste qu'il garda à peine un moment au coin des lèvres.

— Adieu ! cria le Perse en regardant vers le ciel. *Inch Allah !*

Et son cheval partit en trombe. Il disparut derrière la colline en quelques minutes. Le fracas de ses sabots décrut rapidement dans la pluie froide qui tombait sur la plaine.

Kian'jan avait l'air hagard. Ses yeux vitreux ne quittaient pas l'horizon, comme enfoncés dans les nuages qui s'y dessinaient.

— Viens, dit Darhan. Il faut s'abriter. La pluie est glacée.

— Nous sommes des ennemis, murmura Kian'jan.

— Tu crois ça ? Alors, pourquoi ne pas l'avoir retenu ?

— Parce que la dignité est une chose précieuse. Hisham a été longtemps l'esclave d'un riche négociant mongol. Il a racheté sa liberté au prix de nombreux efforts qui ont laissé des cicatrices partout sur son corps. Cette dernière marche vers ses racines est très importante pour lui. Je n'avais pas le droit de jouer avec ses sentiments.

Darhan acquiesça de la tête.

— Tu es un bon ami. Je suis sûr que tout ira bien et que vous vous retrouverez un jour. Cette guerre ne sera pas si terrible.

— Tu crois ça, toi ? Tu crois que la guerre peut être une chose « pas si terrible » ?

— J'en suis sûr. Les Perses vont décider de se rendre, comme l'ont fait les habitants de Kachgar. Tout ira bien.

— Je te trouve bien optimiste, jeune Mongol.

— Qu'est-ce qui te prend ? fit Darhan, surpris par

cette attitude qu'il ne connaissait pas chez Kian'jan. Pourquoi me parles-tu sur ce ton ?

— Le royaume tangut a subi à de multiples reprises les assauts mongols. J'ai vu de mes yeux les barbares déferler sur ma ville. J'ai vu ma maison brûler alors que je n'étais qu'un enfant. J'ai vu ma propre mère… Ma mère ! cria-t-il. Tu comprends ?!

Darhan, mal à l'aise, resta figé. Kian'jan était rouge de colère et tremblait de tout son corps. Une haine profonde venait de remonter en lui, une chose enfouie depuis des années et qui ressurgissait de manière violente. Sans doute la perte de Hisham troublait-elle le jeune Tangut au point de faire s'effondrer ses barrières.

— Je m'excuse, dit-il, désemparé.

Puis il s'enfuit en courant sur la steppe humide, disparaissant rapidement dans le léger brouillard. Le jeune guerrier s'approcha du feu qu'avait préparé Zara. Il s'assit en fixant les flammes. Son cœur était triste. Il n'arrivait à penser à rien.

— Qu'est-ce qui se passe ? demanda Zara.

— Je ne sais pas.

— Tu ne sais pas pourquoi Kian'jan est parti ? Vous vous êtes disputés ?

Darhan regarda la jeune fille d'un air impuissant, incapable de dire quoi que ce soit. Il haussa les épaules.

— Je ne me sens pas bien.

Plus tard dans la soirée, Kian'jan revint. Il était trempé

jusqu'aux os et il tremblait, transi. Darhan lui tendit une couverture puis l'aida à s'asseoir près du feu.

Ils restèrent ainsi tous les deux, sans dire un seul mot pendant presque une heure. Kian'jan contemplait, immobile, les flammes du petit feu fait avec des brindilles.

— Pourquoi combattre avec les Mongols s'ils t'ont pris ta famille ? se risqua à demander Darhan.

— Ça, répondit le jeune Tangut, c'est mon histoire à moi.

Il se coucha sur le côté et garda le dos tourné au feu tout le reste de la nuit. Darhan put à peine fermer l'œil. Il rêva de choses horribles : sa mère et ses sœurs, lâchement assassinées par des monstres.

*

* *

Laissant le général Subotaï s'occuper du ravitaillement des différents fronts, Tarèk et Dötchi avaient quitté Kachgar pour rejoindre l'armée de Gengis Khān. Celle-ci, forte des plus gros effectifs, avait pris la direction de Samarkand. Plusieurs messagers annonçaient que les attaques de Kaboul et de Merv avaient commencé. On ravageait les villes environnantes afin que les habitants de Samarkand entendent parler des horreurs de la guerre. Ceux-ci subissaient déjà les affres des esprits invoqués par Tarèk qui faisaient pleuvoir en plein hiver depuis plus d'une semaine déjà. Et partout le message que faisait circuler Gengis Khān – « Nos dieux sont les plus forts » – imprégnait les esprits perses.

Dötchi alla vaquer à ses affaires, laissant Tarèk aux siennes.

Le fils de l'empereur rejoignit son père, Gengis Khān, pour lui raconter ce qui s'était passé à Kachgar. Il lui parla du préfet et des plans de ravitaillement dont celui-ci avait convenu avec Subotaï. Mais il ne parla pas de Darhan ni de la discussion qu'il avait eue avec Tarèk au sujet de l'esprit Djin-ko qui, au dire du chaman, voulait entraver la marche des Mongols. Trop de choses embrouillaient l'esprit de Dötchi. Il aurait été tenté d'avertir son père, car il craignait pour sa vie. Mais les dernières paroles du grand chaman s'étaient profondément gravées en lui : « Et si le destin du monde était que votre père échoue pour que vienne à sa place un empereur plus digne de guider le peuple mongol, vous, son fils ? »

Aussi Dötchi avait-il décidé que le destin de la nation mongole passerait par une autre voie que celle qu'avait choisie son père. Ragaillardi par cette idée qui faisait de lui le prochain empereur, il était entré dans la yourte paternelle le dos droit et le regard fier, une attitude qui avait enchanté Gengis Khān. Ce dernier écoutait maintenant le compte rendu de son fils aîné avec attention, satisfait de voir qu'il était devenu un homme et, surtout, de constater qu'il prenait la nouvelle de la succession d'Ögödei avec philosophie en s'appliquant à ses tâches. Ainsi, Dötchi baratina pendant près d'une heure, racontant tout ce que son père désirait entendre. Jamais le vieil homme, aveuglé par son amour paternel, ne s'aperçut de la supercherie. À la fin de la discussion, le khān prit Dötchi dans ses bras, le félicitant d'avoir ramené deux mille yacks pour le ravitaillement.

*

* *

Tarèk, de son côté, était entré dans sa yourte en coup de vent. Depuis un long moment, il désirait retrouver ses potions et ses amulettes pour dialoguer avec les esprits, et spécialement avec celui qui l'obsédait depuis de longues années. Celui qui lui faisait réussir toutes ses entreprises en lui promettant mer et monde s'il s'acquittait de sombres tâches : l'esprit de Kökötchü, cet ancien chaman de Gengis Khān, exécuté par l'empereur pour trahison, il y avait de cela très longtemps. Et ce même Kökötchü, par l'entremise de Tarèk, préparait sa vengeance en agissant ainsi depuis l'autre monde.

Le grand chaman retira sa cape noire et passa une peau de cerf sur ses épaules. Puis il attacha des plumes et de la fourrure à sa tête, à sa ceinture et à ses chevilles. Sur de la braise fumante, dans un plat de métal accroché à des chaînes, il lança de la poudre d'os mélangée à du soufre, ce qui enfuma la pièce en la saturant d'une odeur d'œufs pourris…

— Pouah ! cria une grosse voix. Qu'est-ce que vous préparez, sorcier ? Votre souper ? C'est dégoûtant !

— Djebe ! dit le chaman en serrant les dents.

En effet, le général sortit d'un coin sombre où il se tenait depuis l'arrivée de Tarèk.

— Qu'est-ce que vous faites là ? Vous m'espionnez !

Djebe éclata de rire.

— Vous espionner ! Qu'est-ce que j'en ai à faire de vos histoires, serpent ? Je suis général et je n'espionne pas ! Je vais où bon me semble et partout mon étendard m'accompagne. Sachez que, toujours, au loin, mon ennemi m'aperçoit. Vous ne pouvez pas en dire autant !

Tarèk fronça les sourcils. Il enfonça son regard dans celui de Djebe. Il voulait connaître les intentions du général.

— N'essayez pas vos trucs de magicien sur moi, chaman. Je ne suis pas un enfant. Je suis vieux et j'ai la tête plus dure qu'un roc.

Tarèk n'insista pas. Djebe semblait motivé et confiant. Après cette longue route depuis Kachgar, le chaman était fatigué. Il comprit qu'il n'arriverait à rien par la magie. Pour l'instant, il lui fallait négocier cette rencontre par la parole.

— Qu'êtes-vous allé faire à Kachgar ?

— Cela ne vous regarde pas !

— Pourquoi avoir convaincu Gengis Khān d'envoyer son fils Dötchi ?

— Je ne croyais pas ce Darhan digne d'une telle tâche.

— Mais qu'avez-vous à vous soucier d'une ville de ravitaillement ? Vos intérêts dans cette guerre sont sûrement ailleurs !

— Que voulez-vous dire ? lança Tarèk.

Djebe n'ajouta rien. Depuis qu'il était en territoire perse et que les armées cheminaient, il avait entendu maintes histoires sur ces marchands mongols qu'avait fait assassiner Mohammed Shah. La version officielle perse voulait que ces marchands aient été en réalité des espions au service de Gengis Khān. Mais une autre version circulait selon laquelle c'étaient des Mongols qui avaient assassiné les leurs afin de provoquer délibérément le conflit.

Tarèk se mit à rire très fort.

— Ainsi, vous me croyez responsable de cette guerre, dit-il. Vous croyez que je suis l'auteur d'une mise en scène !

Tarèk gagnait en puissance et l'esprit de Djebe ne lui semblait plus si opaque. Le général dut redoubler d'efforts pour contrer les assauts psychiques du chaman. Pour le vieux guerrier expérimenté, il ne restait plus qu'une solution pour ne pas tomber sous l'emprise de son ennemi. De ses deux mains, il saisit Tarèk à la gorge.

— Peu m'importe vos motivations dans cette guerre, puisque Gengis Khān y tient tellement. Mais dites-moi, qu'avez-vous fait de Darhan ?

— Argh ! fit le chaman. Vous m'étouffez !

— Répondez à ma question !

Tarèk émettait de longs sifflements tant sa respiration était entravée par la pression qu'exerçait Djebe sur sa gorge.

— Le fils de Sargö était déjà parti pour Samarkand lorsque je suis arrivé. Je ne l'ai pas vu.

— Si j'apprends qu'il lui est arrivé quelque chose, vous aurez affaire à moi !

Djebe relâcha son étreinte, laissant le chaman reprendre son souffle à genoux à ses pieds.

« Il est donc parti pour Samarkand et il nous y attendra comme prévu, se dit-il. Mais pourquoi Tarèk et Dötchi s'intéressent tant à lui ? Qui est ce Sargö que je ne connais pas ? C'est son père. Je dois absolument trouver Oganků. »

Le général voulut sortir, mais un malaise soudain s'empara de lui. Il fit un demi-tour sur lui-même et faillit perdre l'équilibre en vacillant de gauche à droite. Il lui semblait que la yourte du chaman devenait plus grande. Ou était-ce lui qui rapetissait ?

Au-dessus du plat de métal rempli de braises, il vit un visage qui prenait forme dans la fumée. Cette vision le paralysa complètement. C'était un visage qu'il avait connu autrefois. Un visage sombre qui appartenait à quelqu'un qu'il connaissait bien, puisqu'il avait lui-même procédé à son arrestation puis à son exécution en compagnie de Luong Shar. C'était un visage marqué par le désespoir. Cela aurait pu être celui d'un enfant, sans ces traits tordus par le tourment.

Le visage incarné dans la fumée jaunâtre ne bougeait ni ne parlait. Il demeurait impassible, se contentant de fixer intensément le vieux général paralysé qui arriva tout de même à murmurer :

— Kökötchü !

Un ricanement se fit entendre. Tarèk, ayant repris son souffle, s'approcha de Djebe, un poignard à la main. Son visage couvert de cicatrices et son orbite sans œil lui donnaient un aspect épouvantable.

— Il y a trop longtemps que je tolère votre présence aux côtés de Gengis Khān, dit le chaman. Jusqu'à présent, je vous ai considéré comme une force négligeable que je pouvais contrôler. Mais maintenant, vous en savez trop. Votre alliance avec le fils de Sargö est devenue intolérable. Vous devez mourir !

Tarèk voulut se saisir de Djebe. Mais le vieux général, qui ne pouvait pas bouger, trouva quand même la force de se laisser tomber par terre. Dans sa chute, il renversa violemment le plat de métal, dissipant la fumée dans la yourte. Le visage de Kökötchü disparut pour laisser place aux braises ardentes qui se répandirent sur le sol en enflammant le tapis.

Le charme fut rompu et le vieux général rampa jusqu'à l'extérieur sous l'épaisse fumée jaune qui envahissait maintenant toute la yourte. Une fois dehors, il prit une grande respiration pour remplir ses poumons d'air frais, puis il tituba jusqu'à son cheval qu'il enfourcha et qu'il fit partir au galop.

Tarèk sortit à son tour de la yourte en proie à d'énormes flammes. Il avait le visage rouge, et une salive noire lui coulait de chaque côté de la bouche. Il se mit à sauter en l'air à une hauteur impressionnante en agitant les bras comme un fou furieux.

— Vous allez souffrir, Djebe ! criait le chaman dans sa danse débile. Les esprits ne connaîtront pas de repos tant qu'ils n'auront pas consumé jusqu'à la dernière parcelle de votre chair !

Le général était déjà loin et n'entendit rien de la malédiction de Tarèk.

CHAPITRE 12

LA FUITE DANS LE DÉSERT

À genoux sur la neige durcie, les jeunes sœurs de Darhan grattaient le sol avec de petites bêches en métal rouillé pour trouver des racines. On était à la fin de l'hiver, avant que les premières chaleurs du printemps ne viennent redonner espoir aux paysans affamés. Ceux-ci, après la rude saison, avaient perdu beaucoup de poids. Les réserves étant épuisées, on avait recours aux dernières ressources que pouvait offrir le sol aride. À l'instar des yacks et des moutons, les filles creusaient le sol à la recherche de plantes nutritives.

Il restait bien les moutons. Mais l'oncle Ürgo interdisait à Yoni et à ses filles de manger de la viande, les privant ainsi de nutriments essentiels.

— La viande, c'est pour les hommes, criait-il.

Et pourtant, c'étaient bien les femmes qui travaillaient le plus, faisant paître les moutons, s'assurant que les jarres fussent toujours remplies d'eau fraîche et les repas, prêts à temps. Bref, c'étaient elles qui s'occupaient de tout, et Ürgo ne faisait strictement rien, se contentant de distribuer ici et là des ordres inutiles, plus occupé, de toute façon, à boire de l'alcool.

Mia et Yol étaient devenues rachitiques, et Yoni en pleurait chaque nuit. La jeune mère était elle-même si faible qu'elle ne pouvait plus faire autre chose que pleurer et exécuter les ordres. Elle était maintenant dans un état de totale servitude et Ürgo en abusait allègrement, s'acharnant à les affamer, elle et ses filles, pour les rendre comme des animaux.

Yol, les ongles noircis, creusait ardemment le sol, imitant sa grande sœur. Elle gardait son enthousiasme de petite fille.

— Tu as vu ? dit-elle à Mia. C'est un palais.

Les petits tas de terre qu'elle avait façonnés, avec leurs chapeaux de neige, rappelaient ces magnifiques palais chinois dont parlaient ceux qui avaient voyagé en Chine, chez les Jin et les Song.

Mia parvint à sourire malgré le froid et l'épuisement. Cette petite construction de Yol lui réchauffait le cœur. Elle s'assit et prit une grande inspiration. Au loin, le mystérieux désert de Gobi était comme un gouffre qui l'appelait chaque jour depuis le début de l'hiver. C'était le grand désert des caravanes, avec ses rochers aux allures de géants.

*
* *

Yoni terminait le ménage dans la tente d'Ürgo. Ce dernier dormait, même si le jour était levé depuis un bon moment. L'homme avait bu jusque tard dans la nuit. Il avait terminé sa soirée à quatre pattes dans la neige en criant toute sa haine du monde. Il avait réveillé les filles qui s'étaient mises à pleurer et Yoni avait dû calmer son frère avec des paroles douces en le berçant tout contre elle. Le fou furieux s'était endormi comme un bébé, veillé par sa sœur.

Cette nuit-là, la mère de Darhan s'était demandé comment elle avait pu hériter d'un frère pareil. Ürgo avait autrefois été un homme enjoué, aimant se promener sur la steppe à cheval et blaguer avec tout le monde. Malheureusement, l'alcool l'avait ravagé, gommant peu à peu son humanité, en faisant un être sombre, qui montrait parfois une violence dépassant l'imagination. Il était devenu avare et manipulateur.

— Yoni ! dit-il à son réveil d'une voix faible et larmoyante.

— Qu'est-ce qu'il y a, mon frère ?

— Je suis malade, aujourd'hui.

— Tu es malade tout le temps.

— Ça veut dire quoi ?! demanda-t-il en élevant le ton.

Yoni ne répondit pas. L'homme se leva péniblement.

Il était à moitié nu, habillé seulement d'une couverture de laine. Regardant sa sœur qui rangeait le linge propre, il se mit à ricaner.

— Ma sœur est une bonne travailleuse. Je suis content. Où sont tes filles ?

— Elles sont allées chercher des racines pour la soupe.

— Eh ! s'exclama Ürgo en se versant une tasse de thé froid, c'est très bien. Il faut travailler fort si nous voulons survivre à l'hiver. N'est-ce pas, ma sœur ? Il faut que chacun y mette du sien… Car nous sommes heureux ici, toute la famille réunie, n'est-ce pas ?

La jeune femme préféra ne pas répondre.

— Nous sommes heureux ! répéta-t-il en frappant le sol avec son pied.

— Oui, fit Yoni tout bas.

— Je savais bien que tu serais d'accord avec moi. Je bois au bonheur !

Il versa de l'alcool dans son thé et avala le tout d'un trait.

Yoni voulut sortir, mais Ürgo la retint par le bras.

— Où vas-tu ? dit-il.

— Dehors.

— Pour y faire quoi ?

— Je dois faire chauffer les pierres pour le déjeuner.

L'homme la lâcha en grognant. Yoni s'éclipsa pendant que son frère se versait un autre verre d'alcool. La journée allait, encore une fois, être très longue au pied de la grande montagne, aux abords du désert de Gobi.

*

* *

Sur un plateau dominant la plaine, à quelques kilomètres de l'endroit où était installé le clan d'Ürgo, des hommes se tenaient à cheval. L'un d'eux était habillé d'une armure de cuir de grande qualité. Ses épaules étaient recouvertes de plusieurs écailles de métal disposées en éventail. Sur la tête, il portait un casque orné de crin de cheval blanc. Il était le grand chef des prisons de Karakorum depuis la mort de Luong Shar. C'était Souggïs, l'homme de main de Dötchi. Il était accompagné de quelques soldats, et surtout de Günshar, celui qu'on disait mort.

Du fin fond des Montagnes noires, où il avait été arraché à la terre par Tarèk, Günshar avait marché jusqu'à Karakorum. Il était apparu à Souggïs quelques jours auparavant, dans la cour de la prison. Il boitait et le capitaine avait été horrifié par son allure : visage pâle et humide, cheveux sales et boueux, se tenant toujours sur le côté comme s'il portait une charge énorme ou devait supporter les affres d'une difformité.

— Dötchi m'a fait envoyer un message annonçant ta venue. Je n'y croyais pas. Mes informateurs étaient formels : tu as été condamné à mort par les hommes-cerfs qui t'ont jeté en bas de la grande falaise.

— Il faut croire que j'ai survécu, dit Günshar d'une voix très étrange.

— Mais ils ont vu ton corps...

— Ils se sont trompés. Ce n'était pas moi ! Et maintenant, trêve de discussion inutile, capitaine de prison. Ton maître Dötchi t'a donné une mission. Exécute-la !

Et ainsi que l'avait ordonné Dötchi, ils avaient chevauché plus d'une semaine, en compagnie de quelques hommes, jusqu'aux abords du désert de Gobi où ils devaient s'acquitter de leur horrible mission.

Il avait fallu peu de temps pour que Souggïs en vienne à craindre et à détester Günshar. Ce dernier, avec son teint gris et son odeur de terre humide, ne parlait presque jamais, sauf pour dire des insanités où il était toujours question de souffrance et de mort. Les hommes de Souggïs se tenaient à l'écart, et le pauvre capitaine devait endurer la compagnie du sombre personnage.

— Nous voici arrivés, dit Souggïs en montrant les yourtes au fond de la vallée, près de la montagne. C'est là qu'est installé Ürgo, l'éleveur de moutons.

— Et là que se trouve la mère de Darhan, ajouta Günshar en sifflant comme un serpent.

Ces derniers mots n'échappèrent pas à Souggïs qui connaissait Darhan pour l'avoir envoyé en mission aux mines du lac Baïkal.

— C'est donc la mère de Darhan que nous devons capturer ?

Günshar grogna en guise de réponse. Souggïs n'insista pas, mais il était curieux de connaître la nature de cette mission que lui avait confiée Dötchi sans rien lui en révéler, sinon qu'il serait accompagné par Günshar.

— Et maintenant, que faisons-nous ? demanda le capitaine.

— Nous allons rencontrer cet Ürgo, répondit Günshar. Il paraît que c'est un homme très conciliant. S'il ne coopère pas, nous lui enlèverons la mère et les deux filles.

— Et ensuite ?

— Ensuite, c'est moi que ça regarde, dit Günshar en tapotant la poche de sel sur son cheval.

Accompagnés des hommes de Souggïs, ils firent partir leurs montures au galop et descendirent dans la vallée.

*

* *

Yoni, qui travaillait près du four de pierre, entendit les chevaux approcher. À leur allure, elle sut immédiatement d'où venaient ces guerriers.

Elle gardait le douloureux souvenir du jour où Sargö, son mari, était parti pour ne jamais revenir. Elle n'avait appris son prétendu décès que l'année suivante, de la bouche de quelques guerriers embarrassés. Après le départ de son fils Darhan, vendu par Ürgo, elle ressentit une grande douleur en voyant au loin Günshar, Souggïs et ses hommes. Elle était persuadée que ces cavaliers venaient lui annoncer une affreuse nouvelle qu'elle n'aurait pas la force de supporter.

Elle s'écarta du four en laissant échapper la marmite qui se renversa par terre. Elle avança vers les soldats, les bras grands ouverts, le regard effrayé, comme si elle implorait une clémence. Elle murmurait :

— Dites-moi que ce n'est pas vrai, je vous en prie...

Les hommes arrêtèrent leurs chevaux devant elle. Günshar eut un ricanement sinistre.

— Voici donc celle qui a enfanté ce Darhan. Regardez comme elle fait la belle ; les bras grands ouverts, prête à accepter la fatalité.

Souggïs frissonna en entendant cette nouvelle insanité de Günshar.

— Mon fils..., dit Yoni du bout des lèvres, comme à bout de souffle.

— Quoi, ton fils ? lança Günshar.

— Vous avez prononcé le nom de mon fils. Il lui est arrivé quelque chose ?

Günshar fit une grimace, accompagnée d'un clin d'œil complice et grotesque à l'adresse de Souggïs.

— Oui, pauvre femme ! Il lui est arrivé quelque chose.

— Qormusta ! Mais quoi donc ?

— Il est tombé de cheval.

— Darhan, tombé de cheval ? s'écria Yoni, intriguée.

Cette nouvelle la surprenait grandement. Son fils ne tombait pas de cheval.

— Il ne va pas bien, poursuivit Günshar. L'empereur lui a accordé une dernière volonté et Darhan a dit qu'il voulait revoir sa mère et ses sœurs. C'est pour ça que nous sommes ici… afin de vous amener jusqu'à lui.

Souggïs regardait Günshar débiter ses mensonges. Il ne comprenait rien à cette mascarade.

— Il ne va pas mourir ? demanda-t-elle.

— J'ai bien peur que si, répondit Günshar dans un long soupir.

La pauvre Yoni lâcha un petit cri presque inaudible en se mordant la lèvre. Elle crut défaillir, mais son courage était sans bornes. Malgré tout, son fils était toujours vivant.

— Alors, il n'y a pas une minute à perdre, affirma-t-elle, il faut y aller !

Elle sauta sur le cheval, derrière Günshar. Mais aussitôt qu'elle toucha l'homme, elle retira sa main avec dégoût. La chair sous la tunique était molle et spongieuse. L'odeur de pourri que dégageait Günshar lui leva le cœur. Elle tourna la tête vers Souggïs à qui elle lança un regard désespéré, comme si elle cherchait à comprendre.

Le jeune homme vit le trouble de Yoni et en fut bouleversé. Il allait demander à Günshar de le laisser la porter lorsqu'une voix rauque s'éleva :

— On n'ira nulle part sans ma permission !

C'était Ürgo. Il avait déjà ingurgité plusieurs verres d'alcool. On le voyait à son visage rouge et bouffi.

— Ça fait quelques minutes que je vous écoute, avec vos histoires, et je me permets de vous rappeler que cette femme est ma sœur et qu'elle m'appartient !

— Tu es sûrement Ürgo, lança Günshar.

Ürgo sembla étonné qu'on le reconnaisse ainsi. Il bomba le torse.

— C'est moi, en effet.

— Tu me plais assez, siffla Günshar.

— Ça veut dire quoi, ça ?

— Ça veut dire que nous aurions pu être bons amis.

— J'en suis enchanté, fit Ürgo. Mais en attendant, l'amitié, ça ne paie pas la femme. Et avec les filles, ça fait un sacré magot.

— Ürgo ! Darhan se meurt ! implora Yoni.

— Je m'en fiche. Les affaires sont les affaires.

Günshar fit faire demi-tour à son cheval pour se placer à côté d'Ürgo. D'un geste rapide, presque surnaturel, il dégaina son épée qui s'arrêta à quelques millimètres de la gorge de ce dernier. Ürgo, qui n'avait même pas vu venir la lame, ne put que se figer en sentant la froideur du métal qui menaçait de lui enlever la vie.

— Il y a des choses qui ne te concernent pas, ivrogne. Et maintenant, j'emmène la mère et ses deux filles.

— Les filles sont trop petites pour un tel voyage, dit Yoni.

— Elles viennent aussi ! déclara Günshar dont la voix commençait à prendre un ton inconnu, comme accompagné d'un étrange bourdonnement.

Ürgo regarda Yoni.

— Mais qu'est-ce que je vais devenir ? Je ne pourrai pas m'occuper seul de tous les moutons.

— Si tu savais comme je m'en fiche. Tu as voulu tout avoir, eh bien, garde tout ! Je m'en vais rejoindre mon fils.

— Yoni, ma sœur…

— Ne m'appelle pas ainsi ! Tu n'as cessé de me traiter comme un animal.

— Tu es injuste. Je t'aime !

— Tu es un égoïste et tu n'aimes personne !

— Mais… mais…

Ses paroles plaintives restèrent sans réponse. Le cheval de Günshar se mit à piaffer violemment.

— Allez chercher les filles, ordonna Günshar à Souggïs et à ses hommes. Moi, j'emmène la femme de l'autre côté de la vallée. Nous vous y attendrons.

— Non, répondit Yoni. Je veux y aller moi-même. Elles seront effrayées.

— On ne discute pas ! cria Günshar qui s'énervait.

Il n'avait à présent plus rien d'humain. Ses yeux étaient noirs comme le charbon, et la peau de son visage semblait se plisser d'elle-même, comme si elle était animée d'une vie propre.

— C'est moi qui commande ! Tu vas faire comme je dis si tu veux revoir ton fils. Et toi, Souggïs, exécute les ordres !

Günshar partit au galop pendant que les soldats allaient chercher les filles.

*

* *

Souggïs était tourmenté. Depuis la mort de Luong Shar, son ancien maître, il n'avait cessé de faire des cauchemars. Cela avait débuté la nuit qui avait suivi cette journée horrible où Dötchi l'avait laissé seul dans la cour de la prison avec le cadavre de Luong Shar à ses pieds. Il n'avait pu s'empêcher de pleurer son maître ce jour-là. Depuis, le visage du vieil homme n'avait cessé d'apparaître dans son sommeil pour venir le tourmenter en le regardant paisiblement comme un ami.

Lui qui avait contribué à sa mort, dans cet assassinat orchestré par Dötchi, ne pouvait plus supporter ces visions qui le réveillaient la nuit. Seul dans le noir, le corps en sueur, il se frappait la tête à deux mains en cherchant à comprendre l'inexplicable.

Alors qu'il chevauchait en compagnie de ses soldats, pendant que Günshar emmenait Yoni dans la vallée voisine, Souggïs fut assailli par la même vision : le visage paisible de Luong Shar semblait cette fois se découper dans les nuages au-dessus de sa tête. Il voyait distinctement les traits de son ancien maître. Ceux-ci s'altéraient légèrement lorsque les masses nuageuses se déplaçaient, mais ils se reformaient aussitôt avec ce sourire candide.

Souggïs chercha, à plusieurs reprises, à faire disparaître la vision en se frottant les yeux. Mais le visage était toujours là, de plus en plus clair dans les nuages.

— Qu'est-ce qui m'arrive ?! s'écria-t-il alors que son cœur s'emballait. Je ne vais pas bien du tout. Je suis en train de devenir fou.

Il pointa un doigt vers le ciel.

— Qu'est-ce que vous voulez ?!

Et, sans comprendre la raison de son geste, il fit faire demi-tour à sa monture et partit au galop dans l'autre sens.

— Capitaine Souggïs ! Où allez-vous ? hurla l'un de ses hommes.

— Poursuivez votre route ! répondit Souggïs. Trouvez les filles et venez me rejoindre dans la vallée voisine. Je vous y attendrai.

Son cheval semblait avoir des ailes, comme guidé par un sortilège. Et lui-même, le capitaine Souggïs, semblait ne plus se contrôler tout à fait, comme si une partie de lui répondait à un ordre de l'au-delà.

— Ya ! criait-il à sa monture. Plus vite ! Plus vite ! Il faut aller plus vite avant qu'il ne soit trop tard.

*
* *

Günshar n'alla pas loin avec Yoni. Aussitôt assuré que plus personne ne les voyait, il tira sur la bride de son cheval.

— Pourquoi s'arrêter ici ? demanda Yoni d'une voix apeurée.

Ces quelques minutes avaient été éprouvantes pour elle. L'aura qui enveloppait Günshar était si malsaine qu'il aurait effrayé n'importe qui. Yoni, qui devait s'appuyer contre lui pour ne pas tomber du cheval, en avait la nausée.

— Oui, dit Günshar de sa voix abominable. Nous descendons ici.

— Nous allons attendre mes filles ?

— C'est ça, répondit-il, nous allons attendre tes filles.

Ils mirent pied à terre. Yoni s'empressa de s'éloigner de Günshar pour respirer un peu d'air frais. La puanteur de l'affreux bonhomme était insupportable. Mais il ne lui laissa pas le temps d'aller bien loin, venant se placer tout près d'elle. Les jambes tremblantes, elle s'appuya contre un arbre.

— Qu'est-ce que vous me voulez ? lança-t-elle. Pourquoi me regardez-vous comme ça ?

— Oh ! fit Günshar nonchalamment en sortant son épée, moi, je ne veux rien du tout ! C'est le chaman Tarèk qui veut quelque chose.

— Qui est ce Tarèk ? Que me veut-il ?

— Tarèk est mon maître. Et ce qu'il veut ? Ton cœur ! cria-t-il soudain comme un démon.

Il s'élança sur elle en brandissant son épée pour lui couper la tête. Yoni esquiva le coup juste à temps et la lame se planta dans l'arbre, juste au-dessus d'elle. En forçant pour retirer son épée de l'écorce, Günshar déchira son manteau, exposant une partie de son corps à la vue de Yoni. Une horreur sans nom s'empara de la jeune femme. Le corps du mort vivant était une chose immonde, un amalgame de chairs en décomposition avancée.

— Ha ! ha ! s'exclama-t-il. Tu n'aimes pas le spectacle de mon corps sublime ? Ne t'en fais pas, bonne dame, ce n'est pas la peur ni le dégoût que je suis venu t'offrir aujourd'hui, mais la mort !

Et il se précipita de nouveau sur elle en agitant son épée au-dessus de sa tête.

Yoni recula de plusieurs pas mais tomba par terre. Elle saisit un gros caillou qu'elle lança au visage de la créature. Günshar reçut le coup en pleine figure, sans broncher, tout en faisant encore entendre son rire insupportable.

— Tu peux résister tant que tu veux : il n'y a pas de salut pour toi sur cette plaine, jeune femme. Tous tes espoirs et tes rêves vont s'anéantir au moment même où je mettrai fin à tes jours. Oh oui ! dit-il en levant les bras vers le ciel, comme je voudrais que Darhan puisse voir cela ! Günshar est revenu des enfers pour lui enlever ceux qu'il aime !

Entendre le nom de son fils redonna du courage à Yoni. Pensant à ses filles qui devaient la rejoindre, elle bondit comme un lapin et se mit à courir à toute vitesse sur la plaine.

Günshar, revenu d'entre les morts, arrivait à bouger difficilement et, surtout, il était incapable de courir. Par contre, il pouvait avancer aisément à quatre pattes en s'aidant de ses mains. Tel un animal enragé, il s'élança à la poursuite de sa proie.

Yoni courait de toutes ses forces, et ce, malgré sa musculature affaiblie par le régime de misère imposé par Ürgo. Mais en vain. Derrière elle, Günshar se rapprochait. Elle l'entendait respirer d'un souffle court et rapide comme celui d'un chien en pleine course. Elle redoubla d'efforts pour éviter la main pourrie qui essayait de la saisir par le pied. Désespérée, elle jura plusieurs fois. Il lui restait peu de temps et c'était sans espoir, elle le sentait bien : Günshar allait l'attraper.

C'est alors qu'apparut un cavalier devant elle, fonçant à toute allure. C'était le capitaine Souggïs qui tenait fermement dans sa main droite une lance qu'il brandissait haut dans les airs.

— Günshar ! cria-t-il.

Il passa tout près de Yoni qui se jeta par terre pour ne pas être renversée par le cheval. Aidé par le puissant élan de sa monture, Souggïs enfonça sa lance dans la poitrine de Günshar. Un cri épouvantable retentit dans la plaine. Un cri d'un autre monde.

— Souggïs ! hurla Günshar en roulant sur lui-même sous la violence du choc. Tu me le paieras !

Le capitaine fit faire demi-tour à sa monture. Il saisit Yoni au vol pour la faire grimper derrière lui. Le jeune homme n'avait pas beaucoup de temps devant lui. Günshar n'était pas de ce monde et une lance était une arme insignifiante pour venir à bout d'un mort vivant. Souggïs éperonna furieusement son cheval pour le faire partir au galop.

À genoux dans l'herbe, transpercé de part en part, Günshar regardait Souggïs qui s'enfuyait avec Yoni. Il saisit le manche de l'arme de ses deux mains.

— Arrrgh ! fit-il en l'arrachant de sa poitrine.

Il rejoignit péniblement son cheval qu'il enfourcha sans cesser de rire comme un fou.

— Ah, Souggïs, tu veux jouer avec les morts ? Tu vas voir que les vivants perdent toujours à ce petit jeu.

Il frappa violemment son cheval qui se mit à galoper

d'une manière surnaturelle, comme s'il flottait sur l'herbe...

Souggïs et Yoni passèrent à toute vitesse devant Ürgo qui se grattait la tête en regardant les allées et venues devant sa yourte. Ils arrivèrent rapidement à la hauteur des hommes qui ramenaient Mia et Yol. Yoni, encore sous le choc, sauta par terre avant que le cheval ne s'arrête. Elle courut jusqu'à ses filles et les prit dans ses bras en les serrant très fort. Les larmes coulaient à flots.

— Nous n'avons pas de temps à perdre, dit Souggïs. Günshar est un fou furieux. Il faut absolument s'en aller d'ici et fuir vers la ville.

Au loin, sur la steppe, le galop de la bête de Günshar se faisait déjà entendre.

Ils grimpèrent promptement sur les chevaux. Mais déjà Günshar fondait sur eux à une vitesse folle, comme porté par une force maléfique. Il faisait tourner son épée au-dessus de sa tête et criait des paroles incompréhensibles.

Il tomba sur eux comme la foudre et frappa un des hommes de Souggïs. Le soldat tomba de sa monture et roula sur le sol. Les chevaux s'affolèrent et se cabrèrent.

— Ah ! vous croyez m'échapper, mais personne ne m'échappe ! Je suis Günshar, vous m'entendez ? Je suis revenu d'entre les morts pour servir Tarèk le chaman ! Rendez-moi la mère et ses filles, ou j'en finirai avec vous d'une manière si affreuse que vos esprits épouvantés erreront à jamais comme des ombres !

Les deux autres soldats foncèrent sur Günshar. Mais le mort vivant, avec des gestes d'une précision et d'une rapidité incroyables, leur infligea à tous les deux des blessures mortelles. Le visage tordu par la douleur, les malheureux s'écroulèrent sur le sol en se tenant le ventre.

Pendant ce temps, Souggïs avait fait monter Yoni et ses filles sur son cheval. Comment pourrait-il échapper à Günshar ainsi chargé ? Il l'ignorait. Mais l'animal était solide, et il déguerpit sans effort.

Ils avancèrent un long moment sans aucun signe de Günshar. Le désert était tout près. Déjà, l'air sec et froid du grand Gobi prenait à la gorge.

— Mais qu'est-ce qu'il fait ? demanda Souggïs. Il devrait nous avoir rejoints.

— Là ! cria Yoni. Il est là-haut.

Sur un petit surplomb rocheux, à une dizaine de mètres de hauteur, ils purent voir le monstre sur son cheval. Il donnait l'impression d'être sorti de nulle part.

— Très bien, dit Günshar, puisque c'est comme ça, vous allez tous mourir dans le désert !

Il donna à son cheval un coup d'éperon et l'animal se mit à dévaler la pente en direction de Souggïs et de ses protégées.

*

* *

Ils étaient maintenant dans le désert aride. On ne voyait plus une seule plante, et l'air sec asséchait la gorge et les yeux. Le cheval de Souggïs, l'écume à la bouche, galopait furieusement. Mais ce n'était plus qu'une question de minutes avant que Günshar, dans sa chevauchée infernale, ne les rattrape.

Souggïs se sentait découragé. Il aurait voulu fouetter son cheval à mort pour le faire aller plus vite. Mais jamais il n'aurait fait payer à sa monture la folie du mort vivant et du chaman. Si l'un d'eux devait s'en sortir, ce serait sûrement le cheval. Afin de ne pas l'épuiser davantage, le jeune homme ralentit l'allure pour laisser Günshar fondre sur eux.

Il dégaina son épée en faisant tourner son cheval, prêt à défendre chèrement sa peau ainsi que celles de Yoni et de ses filles. Mais il ne vit pas le mort vivant. Il fut fouetté par un vent chaud chargé de sable. Il dut se protéger le visage avec son bras.

Le vent s'était mis à souffler en fortes rafales, soulevant un épais nuage de poussière. Günshar n'était plus en vue. Souggïs attendit encore un moment sans aucun signe de la créature. Mais le vent, lui, se faisait de plus en plus présent en soufflant de plus belle.

Le sable rouge les cinglait. Incapables de voir quoi que ce soit, ils perdirent tout sens de l'orientation. Le désert n'était maintenant plus qu'une masse de poussière en suspension, déplacée par les rafales.

Mia, qui se cramponnait à sa mère d'une main et tenait la petite Yol de l'autre, vit, dans la tourmente, les énormes rochers qui semblaient avoir pris des formes humaines. Elle eut la nette impression de voir des géants. Ceux-ci étaient debout et soufflaient puissamment sur le sable, levant des tourbillons énormes qui s'écrasaient sur le sol en enfouissant le moindre monticule. Il n'y avait plus que poussière rouge dans le désert de Gobi.

Un des géants se retourna. Il exhala un air chaud et sec qui frappa Mia en plein visage. Une mélodie se fit entendre à son oreille...

« Qui d'autre que le vent peut faire dévier le monde de sa trajectoire ? Qui d'autre que celui qui fait respirer toute chose en ce monde ? »

Les géants disparurent comme tout le reste autour de Mia. Il ne restait plus que Souggïs, Yoni et ses deux filles sur le vaillant cheval qui avançait tant bien que mal dans le sable qui s'accumulait en dunes de plusieurs mètres. Le vent redoubla d'ardeur.

*

* *

Darhan et Kian'jan étaient à plat ventre sur une grande colline qui s'étirait d'est en ouest. Le sol était mouillé et la pluie tombait à torrents depuis des heures. À leurs pieds s'étendait la grande plaine de Samarkand.

La formidable armée perse était là. Plus de cent mille hommes entouraient la cité. Les machines de guerre, catapultes et balistes, se comptaient par milliers.

— Quelle folie ! s'écria Darhan.

— En effet, mon ami, répondit Kian'jan.

Depuis sa crise, Kian'jan était redevenu le garçon réservé et compréhensif que Darhan avait toujours connu. Il s'était levé le lendemain matin comme si rien ne s'était passé.

— Tu crois que Hisham va bien ? demanda Darhan.

— Je pense qu'un colosse dans son genre n'a eu aucune difficulté à se faire engager avec la guerre prochaine.

— C'est vrai.

L'agitation était palpable sur la plaine ; il semblait qu'un départ se préparait. Des milliers de cavaliers lourdement armés alignaient leurs montures comme pour former un ordre de marche.

— Nous ne pouvons pas rester ici, dit Darhan.

— Tu as raison. Les environs sont infestés de patrouilles perses.

— L'armée de Gengis Khān est à environ une journée de marche. Allons-y !

Ils repartirent dans la direction inverse, rebroussant chemin par-delà la grande colline. En route, ils rencontrèrent plusieurs éclaireurs qui, tout comme eux, allaient rejoindre l'armée mongole pour rapporter ce qu'ils avaient vu.

Darhan et Kian'jan chevauchaient en compagnie de quelques hommes de la tribu des Bordjigin qui n'arrêtaient pas de raconter des blagues. Les soldats riaient de bon cœur, semblant ne pas penser qu'ils pourraient tous perdre la vie sur le champ de bataille un jour ou deux plus tard.

Un soldat mongol venait dans leur direction sur sa monture au galop. Darhan nota que son corps restait immobile et détendu, ce qui lui permettait de parcourir de longues distances à grande vitesse.

— Qui est-ce ? demanda un Bordjigin.

— Je le connais, répondit Darhan. C'est Ogankù, le bras droit du général Djebe.

Tous les hommes inclinèrent la tête en signe de respect lorsque se présenta le sergent Ogankù.

— Darhan ! dit ce dernier, à bout de souffle. Djebe te réclame ! Il lui est arrivé malheur avec le chaman. Il ne va pas bien du tout !

Lexique

Allahou ak-bar ! **:** Allah est grand !

Altaï : Chaînes de montagnes de l'Asie centrale russe, chinoise et mongole. Le plus haut sommet culmine à 4 506 m.

Baïkal (lac) : Grand lac de la Sibérie méridionale. Il couvre 31 500 km^2 avec 1 620 m de profondeur, ce qui en fait le lac le plus profond du monde.

Boukhara : Ville d'Asie centrale qui égalait Samarkand en importance, avant les invasions mongoles.

Chaman : Prêtre et magicien des religions chamanistes pratiquées en Asie centrale et en Amérique du Nord. Il communique avec les esprits par l'extase et la transe.

Gobi (désert de) : Grand désert du nord de la Chine et du sud de la Mongolie. Son nom signifie « désert » en langue mongole.

Hellènes : Nom que se donnaient les habitants des cités de la Grèce antique.

Hindu Kush (monts) : Chaînes de montagne du Pakistan et de l'Afghanistan. Le plus haut sommet (Tirich Mir) culmine à 7 705 m.

Huns : Tribu nomade d'origine mongole. Les traces de leurs premières expéditions militaires en Chine remontent à 1440 av. J.-C. Ils connaîtront leur apogée avec Attila qui mènera son armée en Italie et en Gaule en 452 apr. J.-C.

***Inch Allah !* :** À la grâce d'Allah !

Issyk-Köl (lac) : Grand lac situé à une altitude de 1 600 m dans le nord des monts Tian Shan dans l'actuel Kirghizstan.

Jin : Dynastie Jin (1115-1234). Originaire de Mandchourie. Les Jin ont consolidé un puissant empire qui s'étendait de la Corée, au nord, jusqu'à l'empire Song, au sud. Ils firent de Pékin leur capitale. L'Empire fut détruit par Ögödei Khān, troisième fils de Gengis Khān.

Kachgar : Ville de Chine, capitale du Xinjiang. Fut, de tout temps, un passage obligé sur la route de la soie. Sa position stratégique en a fait un enjeu capital dans les grandes guerres qui dévastèrent l'Asie centrale.

Karakorum : Capitale de l'ancien Empire mongol dont les ruines se situent au sud d'Oulan-Bator, capitale de la Mongolie moderne.

Kereyit : Tribu mongole. Une des premières à former l'union des tribus avec Yesugei, père de Gengis Khān.

Keshig : La garde personnelle de Gengis Khān. De 150 hommes à l'origine, elle en comptera plus de 10 000 à sa mort.

Khān : Titre porté par les souverains mongols. Il signifie « empereur » en langue mongole.

Nadaam : Grand festival mongol. Il signifie « jeux » en langue mongole. On y pratique le tir à l'arc, la lutte et la course à cheval.

Orkhon (fleuve) : Fleuve long de 1 124 km, traversant le nord de la Mongolie.

Pamir : Montagnes immenses constituant un nœud géologique en Asie centrale, d'où émergent les grandes chaînes des monts Tian Shan, de l'Hindu Kush jusqu'à l'Himalaya.

Pékin (Beijing) : Capitale de la Chine moderne. Elle fut celle de la dynastie Jin jusqu'à leur soumission aux envahisseurs mongols. Kubilaï Khān, petit-fils de Gengis

Khān, en fera sa capitale lors son accession à la tête de l'Empire en 1259.

Perses : Peuple descendant des Achéménides (VIe-IVe siècle av. J.-C.) et des Sassanides (IIIe-VIIe siècle apr. J.-C.) qui imposèrent leur culture à l'ensemble de l'Iran contemporain.

Qiyat : Tribu mongole d'où est issu Temujin-Gengis Khān.

Qonjirat (Kereyit, Bordjigin, Ongüt, Ouïghour) : Tribus mongoles.

Qormusta : Grand dieu des Mongols.

Samarkand : Ville d'Ouzbékistan au passé glorieux et légendaire. Fut louée de tout temps par les poètes pour sa magnificence qui atteignit son apogée avec Tamerlan (1370-1405).

Shah : Mot persan signifiant « roi ».

Song : Dynastie Song (960-1279). Grande dynastie qui contrôla la Chine (960-1127) avec Kaifeng pour capitale, puis Hangzhou (1127-1279) à la suite de la prise de Kaifeng par les Jin. Fut annexé par la dynastie mongole Yuan en 1279.

Taklamakan (désert) : Désert d'Asie centrale. Passage obligé de la route de la soie vers l'Extrême-Orient. Le nom signifie à peu près « l'endroit d'où on ne revient pas ».

Tangut : Appelé Xi-Xia par les Chinois (982-1227). Royaume fondé en 982 par des tribus tibétaines dans les plaines du Sichuan. Détruit par les Mongols en 1227.

Tatars : Groupe ethnique de langue turque qui habitait le nord du désert de Gobi au Ve siècle. Il fut annexé définitivement par les Mongols en 1202.

Tian Shan (monts) : Chaînes de montagnes d'Asie centrale situées à l'ouest du désert de Taklamakan. Le plus haut sommet (pic Pobedy) culmine à 7 439 m.

Transoxiane : Région d'Asie centrale.

Vizir : Ministre, conseiller du shah.

Yourte : Tente ronde en feutre sur montant de bois utilisée par les nomades mongols et les autres populations d'Asie centrale.

Cet ouvrage a été imprimé
en janvier 2012 par

CPI
FIRMIN-DIDOT

27650 Mesnil-sur-l'Estrée
N° d'impression : 108839
Dépôt légal : février 2012

Imprimé en France

Cet ouvrage a été composé par
PCA – 44400 REZÉ

POCKET
jeunesse
12, avenue d'Italie
75627 PARIS Cedex 13